說不清是悲是痛
是愛是惜是債
是親情

艾嘉
2024.9.17

女兒

・

張艾嘉

獻給侯孝賢導演

在這個故事裡，
你或許會看到你的母親、你母親的母親，
或是有相同處境的你自己。

從金艾霞開始

在無憂無慮之下
她突然莫名地掉入一無所有
一種空的情緒裡。

她是我的女兒

女人都是另一個女人的女兒，
也（可能）是另一個女人的母親。

生育

女人是否一定要生孩子？
即便經歷千辛萬苦，即使遍體鱗傷，
無法生育或選擇不生，
這難道是罪過嗎？

家

「家」不過是一個房子
塞滿了想丟又捨不得丟的過去。

SLEEP

A NEW AGE IN
SKINCARE TECHNOLOGY
7491

下一站

孩童時期無知叫「純真」，
少年時期無知叫「青春、叛逆」，
成年無知被叫「愚蠢」，
老人逐漸想找回無知，原來是智慧。
我的一生就是慢慢認識自己，找回自己。

自序

這本書獻給孝賢，是他的一通電話，我走進了《女兒的女兒》這個故事，也走進了女主人翁金艾霞的生命。六年之後電影完成，許多的狀況都變了，大家也跟著不停調整。每一個階段都出人意料，有苦有喜，有停頓，有進退兩難，事過境遷反而珍惜那挑戰的過程。

從第一天進劇組，我就在通告紙背面寫下我的心裡話。不僅是回台灣和一批年輕熱情有才華的電影工作者共事的喜悅，還有再度去我熟悉卻又少了我至親叔叔的紐約拍外景而無比感慨。最難得的是得到一個女演員可以盡情發揮的角色，這是一部認真且毫不迴避去談論女人的電影，實在是幸運、幸福加爽！

我和侯孝賢導演都是說故事的人，但我們難道是因性別而看法不相同？

侯導看到《女兒的女兒》這個片名，第一個反應是：孫女的故事！

我看到《女兒的女兒》的第一個直覺反應：這是所有女人的故事！

目錄

自序 016
前言 022
卷1・女兒，會想起我嗎？
從金艾霞開始 029
從開機開始 035
金艾霞的醒來 037
她是我的女兒 043
初戀 047

演員 055
爭吵 061

卷2・只有愛的新生活

生育 071
退休 081
藝人之死 087
那一通電話 093
女人 097
不在紐約拍紐約 101
造型指導 105
寒冷的紐約 113
下一站 119

卷3・回望有時

一個人 125
陌生中的熟悉 131
有叔叔在的紐約 138
沒有叔叔的紐約 141
小學作文 150
孝順 153
小小一顆鹽 161
看世界 169
黎巴嫩的小男生 177

前言

六年前，突然接到侯孝賢導演來電，我有點嚇了一跳。侯導親自打來，必有急事。他簡單地說希望我能看一個劇本，幫一下他所推薦的台灣的年輕導演。

替年輕人看劇本、給意見，早就是我多年的工作之一。就這樣，《女兒的女兒》送到了我的桌上，黃熙導演和我的對話也從此開始。我們長途電話反反覆覆談論現代女人如何去面對無常——選擇、接受、不理所當然地視為宿命——這個過程要經歷多少的怨恨、後悔、自責、自憐、無助、求助，說不盡的酸甜苦辣。

《女兒的女兒》正式開拍是五年後，如戲中的女主角金艾霞一樣，它也經歷了各種考驗，它像一個渴望懷孕的女人，不斷努力、想辦法、期待、失望，終於在放棄之前，奇蹟般地成功了！當這一組人默默地一口氣完成這部電影後，我跟導演說，或許它就是需要五年的淬鍊、沉澱、修改，才能毫無懸念地順利殺青。所有的安排，都自有天意。

為文藝片叫屈已是多年的事：大量的好萊塢進口片霸佔了百分之八十的電影市場，用感官刺激的大製作洗腦式地娛樂觀眾，幾乎令本土片徹底式微。本土片的製作條件越來越差，競爭能力自然也越來越弱。我不是一個愛訴苦的人，但我真心想強調文藝片的重要性：文藝片是在說故事，我們每個人都需要好的故事來認識自己、認識世界。也只有好的故事才能培養出能寫動人劇本的好編劇、能用電影語言來傳達情感的好導演、有技巧有素養的好演員，以及有能力有紀律的好團隊。電影工業本來就該百花齊放。在不同崗位、不同角色中活了半百的我，仍然會為拿到一個好角色、好故事而興奮。從拍攝過程中，我去認識、想像戲中不同人物的過往、個性，和自己的角色交流。而戲外每天發生的事，也讓我更看清環境和社會的變化。

在《女兒的女兒》這個故事裡，你或許會看到你的母親、你母親的母親，或是有相同處境的你自己。這是女人的故事？當然是，但一個碗敲不響，故事的發生絕不可能是獨角戲，而是一件一件事的累積。還有很多很多的故事，讓我慢慢與你們分享。

卷 1

女兒，會想起我嗎？

從金艾霞開始

金艾霞最佩服母親的就是八十多歲的她每天起床後一定把自己打扮得整齊漂亮，看著她在臉上一點一點塗上粉底霜，用手慢慢將它抹均勻，兩頰的腮紅不可少，有時一不小心手重了，就顯得妖豔，當然也沒有人會笑她，只會讚美她看起來像金艾霞的姐姐。這方面她沒有遺傳到母親，六十多歲的她雖然並不太老，不穿名牌，也沒興趣和空閒去刻意打扮，幾年前離了婚之後，再也沒有一個男人多看她一眼，標準的中國式中年婦女。金艾霞的生活就圍繞著剛從美國回台定居的母親，還有和她八字不合卻又放不下心的女兒范祖兒身上。

女兒是女同志出櫃時並沒有感到驚訝，金艾霞從小也是在美國住過，對於同性異性的相吸是敏感的。年輕時候的她可是身邊不少中西少年圍著她團團轉，甚至也有女同志對她表示好感。為了證明自己是異性戀者，她十六歲就和一個ABC（American born Chinese）發生了關係，糊里糊塗地懷孕，卻又不敢告訴母親。其實在初期她根本不知道自己懷孕，怎麼可能？連自己都還是個孩子，如何相信或接受自己懷著另一個生命的事實。金艾霞當年在紐約把女兒Emma生下來之後就被母親安排送回台灣，這個女兒的女兒Emma也被母親找到一個可靠的唐人街中國餐館老闆收養，從此除了從仍在美國住的母親那裡獲知一些Emma的成長事情之外，她並沒有和這個女兒有任何直接的連繫。她也不曾告訴范祖兒這段過去，好像在嫁給祖兒的父親之前曾經很簡略地說了一次。反正也沒有牽連，說不說都只是自己心中的汙點，不說就假裝它不存在吧！直到母親決定要回台灣和她一起住，而送她回來的居然是Emma。金艾霞想了想，都步入六十了，還有什麼好瞞的，她照樣輕描淡寫地告訴范祖兒她還有一個住在美國同母異父的姐姐。祖兒反應強烈，這倒是金艾霞沒有預料到的。祖兒發了一頓大小姐脾氣，指控媽媽是一個什麼都瞞著她的無聊女人；和父親離婚也沒先告知，現在又出現一個姐姐，所以她就不是媽媽唯一的女兒啦！聽起來有點吃醋的味道，但也不懂她吃什麼醋，從小到大，這個做媽媽的就被寶貝女兒糾著心上山下海；不肯穿裙子，不肯留長頭髮，被學校叫去因為和男生爭女生而打架，她的出櫃是遲早的。金艾霞每每看著祖兒那張漂亮的臉蛋，想告訴她是多麼美麗，但祖兒只喜歡聽女孩們讚她「帥」！唯一沒有令人煩惱的是祖兒乖乖念完大學，自己找了一份喜愛的藝術工作，一日有足夠錢租房子過日子，她就搬離家了。

一個女人經歷了失敗的婚姻，幸好是和平分手，只要她一天不再嫁，前夫每個月還得付她贍養費。這個年頭，連年輕女人都不想結婚，何況自己離婚時都五十了，既不可能找比自己年輕的，更不想再去伺候一個男人。有時雖會感到寂寞，月滿潮漲時賀爾蒙作祟，真想依偎在男人溫暖的懷抱裡，但想著想著就聽到如火車進站的鼾聲，還有那每天除了上下班還得衝到菜市場去買菜做飯的疲倦，這就是婚姻？金艾霞其實並沒有認真面對離婚這件事，有一天發現了老范在手機上和一個女人先是打情罵俏的簡訊來往，接著開始深入「人為何而活」的話題，她知道這是自己退場的好時機。前夫老范懷著愧疚又感激的心情搬了出去，房子歸她，財產分半，女兒由她養。所以每個月一定有固定的一筆錢，加上多年來金艾霞一直在一家外商公司做事，六十歲那年退休，反正經濟絕非是她的煩惱，但在無憂無慮之下她突然莫名地掉入一無所有一種空的情緒裡。好友王麗芬帶她去學國標舞，做瑜伽，找各式各樣的小餐廳去享受異國料理，學習品嚐不同國家的紅酒、白酒、香檳、雞尾酒、啤酒、日本釀酒、高粱、汾酒……這時她更是掉入一無所知的悔恨裡，白活了！

驀然回首，那人卻在燈火闌珊處，怎麼那人竟是自己啊！

從開機開始

鏡頭前的自己，真的老了，我想著。留不住的膠原蛋白，深深的法令紋，騙不了人。

收工了，沒有像往常那樣和劇組說「辛苦了」，我匆匆地跳上車。一陣疲憊和空虛，猛地襲來。腦子裡突然有好多問題，自問自答，是與不是交錯著。難道我，就是金艾霞？

我還在摸索著金艾霞。她是一個角色，但似乎分享著大多數女人的苦，說不清的苦。她努力尋找快樂，過著她的小確幸，跳跳國標，做做運動，希望抵消一些照顧母親的疲憊，希望沖淡女兒叛逆的存在。她內心疲憊空虛，有點同感。

但其實快樂是什麼，如果沒了年邁的上一代，沒了愛唱反調讓人操心的下一代，人生是不是就能快樂？一個女人真正面對的苦是什麼？沒答案。

我在每一部戲裡，揣摩著女人。我創造她，養育她，從開始進入角色，到每天生活在角色裡。大銀幕裡的女人，和平面劇本裡的女人，已不盡相同。金艾霞，因此有了自己的生命。她不是張艾嘉，也不是編導黃熙。金艾霞是許許多多女人的縮影，卻也是獨一無二的存在。

我演繹著她，希望你們，慢慢懂她。

金艾霞的醒來

她總是在鬧鐘響前就醒來。奇怪！以前上班時，鬧鐘響了又響，就算放上兩個鬧鐘也醒不來；現在時間多了，索性就改變習慣。賴在牀上，開始動動雙腳，雙手搓一搓肚子，由上至下三焦氣海八穴一百下，認真按摩一次。

「真的要對自己好些！」她一面按摩一面催眠自己，尤其是當母親決定要從美國搬回台灣與她重溫天倫之樂，她突然發現自己得從多年來的媽媽角色重新扮回做女兒。她從未要求過范祖兒做個孝順的女兒，祖兒不但不孝順，反而想盡辦法氣她——照祖兒的說法和做法，這是她表達愛媽媽的方式。但面對自己八十歲出頭，已經開始失智的母親，她知道自己必須要做回傳統的孝女。沒想到八十多的母親動作敏捷，口齒清晰，所有失智的行為是選擇性的。在美國住久了的人的確各方面都較為獨立，母親選擇住在美其名為養生村，其實就是現代美化的養老院。她的理由是那裡有一台鋼琴，她的大半生都在許多特別場合表演鋼琴獨奏，可想而知母親對她這個沒有天分，也沒有毅力或恆心的女兒有多麼失望；而外孫女祖兒卻多麼幸運，她那個媽從不強逼孩子學任何技能，一切順其自然，藝術這一門太靠天分，騙不了人，就算後天多麼努力，沒有天賦的神奇力量，就是少那一點特色和神采。

她很清楚自己的缺點和優點，她學什麼都很快上手，也很快就失去興趣。凡事要做得精必得經歷成長、停頓、失敗、退步、磨練，才能抓到竅門，但未必因此悟到真理。如果沒有恆心接受階段性的進步、挫折、退步，再往前一小步，那永遠得不到最終的享樂。

為了健康，為了要對自己好，為了要應付上有老，下有半大不小的小，她花錢去健身房買了好幾堂課；一對一的訓練。教練是個年輕長相順眼的小伙子，她特意找了一名不是滿身肌肉的教練，那些凸起的肉塊總令她相信身上多出些什麼，別處一定就少了些什麼；像她腰圈上多了一個輪胎，立刻人就少了動力，少了美麗，甚至少了信心。帥哥教練安排的課程從十分鐘的腳踏車開始，五分鐘後她發現教練不見蹤影。自己的小腿逐漸沉重，大腿努力用勁幫忙，一分鐘後就使不上力了，她咬緊牙根，不相信才六十不到五，怎麼真成老人了！教練不知何時又出現在她身旁，一手按了多加三分鐘。之後她雙腳顫抖著去喝了一口水，恩賜有五分鐘休息時間，平躺在地上，比任何最昂貴的牀墊都舒適。接著在機器上用兩板互對夾練手臂肌肉，用繩索綁在腰上轉動身體。

「十、九、八、七、六、五，很好……堅持……三、二、一，再來五下！」

「四、三、二、一，好，換邊做……」

她一面做，心中一面咒罵著這個教練。

「你看他完全沒有同情心地重複著數數，他根本就只是在敷衍，只是在賺錢！說不定他心裡也希望趕快下課。」

到底兩個人誰比較無趣？如果雙方都有同感，為什麼還要付錢來受罪呢？起初她還像孩子一樣，想盡藉口逃課。有一次她離開健身房時，由大玻璃窗往裡看，只見一群滿面痛苦表情、全身濕透的男女，被幾個一身肌肉的男子指揮著鞭策著，不停操作不同的機器，這個震撼畫面給了她最好的理由，不再出現在健身房。一旦決定後，一陣輕鬆。讓她想起唸書時不用再每天去補習的感覺！

好友王麗芬一個電話：要不要去學跳舞？那久違青春

的激素冒了上來，她情不自禁地跟著音樂節拍扭動起來。雖然舞蹈老師也是揮汗喊叫著一、二，恰恰恰……右腳恰恰恰……轉身……伸手……恰恰恰……但是四面大玻璃鏡中看到的是個個團員嘴角和臀部得意地翹著，小腹緊縮，四肢突然長了幾公分，換上亮片緊身的上衣和早就不敢穿的小短裙。在這裡，誰也不會笑誰老或肥瘦，大家自顧不暇地學著舞步，年齡不存在，最重要的就是美麗！

開心！青春！恰……恰……恰！

她是我的女兒

這是一個年輕的劇組。在我眼中，劇組人員年輕熱血，非常敬業。不知是年輕人的行事作風不同，還是導演黃熙的要求，我發覺這個劇組和老一代劇組有個很有趣的不同，就是他們在現場是安靜、有秩序的。對我這種資深電影人來說，這種秩序簡直是天方夜譚。

我以前曾經探討過這個問題，不知道為什麼，電影工作者很喜愛在片場大呼小叫，從導演到場務，幾乎無一例外。

這或許是宣示權威、獲得安全感的一種方式，彷彿不大吼個兩聲，人家就不知道我在這兒，不知道這件事要聽我的。劇組人員似乎就這麼日復一日地用大聲喝斥來刷著自己在電影行業中的重要性和存在感。我曾經看過一句話：「不需要安全感時才是真正的自由」。人類多數時候都欠缺安全感，難以談論自由；但若想方設法去增加安全感，卻又不免在過程中作繭自縛，離真正的自由越來越遠，兩難啊！

今天的第一個鏡頭，是我在戲中的女兒范祖兒死後兩年，我如常地放一杯咖啡在她的照片前。開鏡那天，我第一次見到飾演我女兒的劉奕兒。在戲裡扮演女同志的她，頂著亮麗短髮，五官出色，我眼前一亮！而她一臉桀驁不馴的模樣，也立刻讓我發現我們是怎樣的一對母女。因為疼愛，接納所有叛逆；因為疼愛，選擇妥協；因為疼愛，攬上所有責任。雖然只和奕兒相遇不到半小時，雖然只簡單打了個招呼，但當我輕放下那杯咖啡的同時，我鼻頭一酸，一股媽媽獨有的哀傷和思念全湧了上來，這或許就是女人天生的母性吧！

女人都是另一個女人的女兒，也（可能）是另一個女人的母親。血緣至親，我們必定有著既無法解釋也無法逃避的相似之處；而每個女兒與母親間的緣分糾葛，又會延伸出一個又一個戲劇性的故事。我想這是為什麼電影可以說出一個個既似曾相識，又大相逕庭的精彩故事的原因。

我和奕兒的另一場戲，是一場對話。她在紐約，我在台北家中。我和奕兒在彼此還不熟悉的情況下，按著劇本的情緒，在電話中聊了起來。說著說著，我彷彿聽到女兒那種不經意自然流露的撒嬌語氣，就算不耐煩於媽媽的嘮叨，回話時卻像是鑽入母親懷裡說的。現實中的我，只有兒子、沒有女兒，我感受到了與戲裡女兒的那種獨特連結。在電話那頭的女兒啊，你也感覺到了嗎？我嘴上的嘮叨，其實是想緊緊把你擁在懷裡，手輕拍著你的背，跟你說：「沒事，沒事，我的寶貝，一切都會好的……」

聽說，奕兒後來聽著我們的對話，大哭了一場。我想，她是懂得的。

王麗芬在三溫暖烤得金艾霞一身汗的時候突然提到Johnny這個名字。王麗芬笑說祖兒到了紐約和她兒子一塊兒吃飯，叫上了Emma，不知為什麼Johnny居然出現在飯局裡，多奇妙的組合啊！

金艾霞突然腦門上的熱汗變冷汗。這一定是范祖兒的提議；她極為不滿自己沒有把Emma這個同母異父姐姐的存在告訴她，她想知道Emma的父親是誰，那是媽媽當年糊塗犯下的錯？還是那個男人是媽媽的初戀情人？

Johnny的確是金艾霞第一個發生關係的男人，事隔幾十年，對他的記憶有點模糊，甚至不太真實，那算不算是初戀？也有些不確定，十八歲的他有點外國人的血統，忘了是他的媽媽還是外祖母是美國人，那個年代從東方漂洋過海去美利堅合眾國娶到美國老婆就等於拿到了美國護照。四十年代，台灣青年只要有機會，經濟能力許可，一個個都和初戀愛人分離，大多數就此沒有再回頭。和外國女人結婚能夠確保的除了護照之外，還有下一代的男生會有高而堅挺的鼻子和兩條長腿，這是金艾霞記憶中的強尼。

「不知道他會不會告訴祖兒我們是怎麼認識的？」金艾

霞想著。

去到國外的中國家庭仍然不捨自己國家的文化，他們一定會在週六、日把孩子送去某個中文學堂上中文課，幾乎每個學生都會在離開課室的時候把所有學的照單送還給老師。家長們送孩子來其實為的是自己必須要盡的責任，明知小孩有許多抱怨，但一年下來能不把名字寫錯就當他們會寫中文了。她依稀記得母親每個週末都帶著她坐火車到城中的中國城去上課，一來母親可以逼她不忘記中文的說與寫；二來母親可以到中國城的廣東餐廳吃到較為正宗的點心，和餐廳老闆用廣東話聊天，談論一些香港和台灣的八卦新聞。那個年代，中文學堂並不多，金艾霞就是在中國城附近的中文班認識了 Johnny。

金艾霞的父親因病在台去世，十歲才和母親搬到紐約，母親熱愛藝術，終於在家人的幫助下來到夢想中的藝術泉源之地紐約。幻想的世界遠比現實世界更接近心靈的真實，她眼睜睜地看著母親穿梭在兩者之間，那種毅力和勇敢令自己無法不聽從母親的安排。

她的中文程度絕對超過課堂上的其他學生，老師常叫她站上台唸課文，或是去幫助一些程度較差的同學，希望大家要多用中文交流，語言的進步就是靠多說。Johnny就是她交談的對象，也就是這麼談著談著就談起戀愛了。如果要冷靜或邏輯性地分析當初為何愛上這個都無法稱上男人的男生，她真的沒有很清楚的答案。在母親面前是乖女兒的金艾霞，還是沒有辦法克制自己對異性愛的渴望，在發育中對性的好奇；她隱約仍記得當時的害怕參雜著釋放和愉悅，她終於完完全全脫離母體，成為一個女人。

現實世界遠比幻想世界更真實，懷Emma的九個月，肚子每大一公分，就是嬰兒在胚胎中的成長，更是金艾霞的成長。她從無知到認知，逃避到面對。三個月了經期毫無跡象，突然Johnny提出要分手，他必須認真應付考大學的準備。金艾霞把懷孕的情況藏住，沒有讓任何人知道。她心裡清楚，Johnny就算知道也解決不了問題，自己能否自行處理？除了假裝隨意問問幾個年長些的女同學之外，她打電話去醫院詢問。答案都一致：未成年少女一定要由孩子的父親或是父母監護人陪同生產。令自己驚訝的是母親被告知後的冷靜處理，她沒有歇斯底里崩潰，也沒有衝動地跑去找男方家長，只是冷冷地問：

「你是自願的嗎？」

金艾霞默默地點頭，母親不由自主眼睛一紅，把頭別了過去，沒再說一句話。母親帶著她去做了產檢，安排好醫院，買好嬰兒用品，顏色選的都是白色。母親說中性色，不必提早知道是男是女，健康就好。生產的前幾天，金艾霞感受到孩子在肚子裡不耐煩四肢向周圍撐張著，她突然害怕地抱著母親哭了。

「媽，I am sorry！」

「小艾，每一個有女兒的父母，在她少女時期最擔心的就是她突然懷孕了。從你月經來了之後我就一直在教育自己，如果有一天發生了，我該如何處理；如果處理不當，會傷害到那個無辜的嬰兒。等你成為了母親，你才是個大人，這是你自己選擇的路，不要後悔，好好地愛孩子吧！」

金艾霞是自然生產，孩子健康，母親抱著孩子到她身邊，笑著嘆了口氣說：「唉！又是個女兒！」

Johnny的生日和Emma的生日只隔了兩星期，金艾霞打了個電話給Johnny祝他生日快樂，同時送上一份他想不到的生日禮物。

演員

今天拍大夜班，晚上十一點開始，預計清晨五點收工。我其實很多年都不拍夜班通告了，尤其是大夜班。我從十幾年前就講明盡量不拍夜戲，我自己創作的劇本，也避免寫這種戲，尤其是夜班加外景。歲月不饒人，現在熬一次夜得休息兩天才補得回來。我是個睡眠淺的人，白天更是無法安睡，很佩服能睡到中午才起床的人，只能自嘆沒少奶奶的命啊！

今天因為場地關係，所以安排大夜班開工。現在台北街頭只有十二度，還好我們是內景。拍的是三溫暖房場景，雖然只裹了條大毛巾，但關在小小木板屋內拍攝，還是覺得密封得有些透不過氣來。

拍戲是群體的工作，少了誰都不行。文藝片的拍攝，人員已算精簡，但算算導演組、製片組、攝影組、美術、燈光、服裝、化妝、場務、劇照，再怎麼精簡也不會少於六十人。而現在拍電影，除了劇組人員外，還多了演員身邊成堆的助理。演員自己配置助理、髮型師、化妝師，排場頗大。每拍完一個鏡頭，這些盡責的人就全擠在monitor（監視器）前看回放，有的還要用手機拍下好跟演員老闆回報和討論。說實話，這種場面不會出現在我做導演的劇組裡。

演員和導演的關係猶如舞伴，進退之間，彼此摸索，彼此信任，相互牽引，互相帶動。導演得摸透演員的個性，察覺他的美和缺陷，激發他未被開發的潛能。演員最終隨著導演引導的節奏，摸索自己的旋律和張力，展現連自己都意想不到的喜怒哀樂。

常聽到一些新人告訴找，經紀公司安排他去哪裡哪裡上演員課程。學習固然好，但上幾堂課或演幾齣戲，就真的能懂得演戲這件事了嗎？

我其實沒有上過演戲的課。幾十年的磨練下來，每一部作品就是我學習的過程，遇到好的，必擷取精華；遇到差的，會牢記不可犯這種錯誤。演戲，不只是學習，更重要的是

「悟」。五十多年下來，我對演戲仍然持續有著意想不到的領悟。

每部戲對我來說都是全新體驗。會掉眼淚不代表是好演員，有技巧也未必是，有一堆助理在監視器旁替你指指點點，更不是。換上戲服，吹好頭髮，上好妝，走進場景，燈光一打，我就是那個角色，我就要讓那個角色活起來。

一九七一年我和香港嘉禾公司簽下五年的合約，隻身到香港開始演員生涯。十八歲的我，對於電影的認知，只停留在一個觀眾的層次。什麼是鏡頭？什麼是演戲？一概不知。回想起來，我很少被導演罵，只記得在嘉禾演出第一部戲《龍虎金剛》時，羅維導演在遠處大喊：「女主角！請你把臉轉過來，不要老是拿屁股對著鏡頭好嗎?!」我從此開始注意攝影機在哪裡，慢慢學習什麼是鏡頭。時至今日，我已知道，卻也能無視鏡頭的存在。

新演員要多看戲，多看其他演員的演出，要懂得分辨何謂好演員。這些是身邊的小助理幫不了你的。這些，都是功課。

我記得看過一部歐威先生演出的古裝片。印象最深刻的，是那「沒有表情」的演出。他身邊的演員個個張牙舞爪、譁眾取寵地演繹著七情六慾，他穩如泰山，不為所動。等這些人挖空心思表演完，歐威先生抬頭，銳利的眼神這麼一掃，瞬間完勝方才所有演出。五十年前看到這個表演，靜止中釋放出力量，無聲勝有聲，所帶來的震撼，影響我至今。

爭吵

祖兒一進門就嚴肅地要求和媽媽說一件事，一件她已經決定的事。金艾霞很不情願這種先斬後奏的態度，見祖兒難得一本正經，也就忍住不滿的情緒聽她說。心想：絕不是什麼好事。

「媽，我和家儀準備生個孩子，你可以陪我去做婦科檢查嗎？」

這是一個告知加上一個假設你接受了的要求，一時金艾霞不知如何回答。祖兒的出櫃她早有心理準備，但至今她還並不確定自己是否真心接受這個無法避免的事實。祖兒身邊從不缺女孩，而且一個比一個漂亮。她也不避諱，帶回家像是閨密，一段時間後會換人。女人到底比較敏感，她曾和祖兒的父親提起她的觀察和猜測，引來的是老范一頓斥責：「別瞎猜，我們范家不可能有這種事。」這樣的口吻就擺明他不接受。他開始對祖兒帶回家的朋友擺出不友善、不歡迎的態度，漸漸地父女的關係越來越冷漠。老范常把祖兒的性傾向怪罪在金艾霞身上。她越是袒護女兒，老范就越生氣。這是否是夫妻離婚的原因之一？或許吧！雖然一肚子委屈，卻也因為常為祖兒或同性相愛辯護，她不再排斥，只是默默地接納。有一回和老范為此事爭吵，她突然傷心起來，她流著淚說：

「什麼基因、天生、後天、流行、叛逆……你不懂，我也不懂。我只懂她們都是好孩子！」

同情歸同情，但祖兒提出生孩子這事又是一顆炸彈爆發在母女之間。

「你為什麼不能平平靜靜，簡單正常地和周家儀好好過日子？生什麼孩子？你知道生孩子是要把他扶養成人嗎？你讓這個孩子將來怎麼面對這個社會？他要怎麼介紹你？你給自己找麻煩就算了，你也給我找麻煩！」

「冷靜！冷靜！媽！你發什麼神經？我又沒叫你去生！我只叫你陪我去婦產科做個檢查，你那麼多的問題請留給你自己，那些都不是我的問題。你不用生孩子，也不用帶孩子。就算是同性，但兩個人相愛去撫養一個小孩，總好過異性戀青少年隨便睡一睡懷孕然後生下來不負責任吧！」

范祖兒踩到了金艾霞的痛處，她臉一沉，心沉入深淵。祖兒也知自己話重了，頭一扭大步衝出家門。一夜失眠，強烈的挫敗感打擊著她。

是的！年少犯下的錯令她不敢面對被送給唐人街餐廳老闆的女兒Emma。幾十年來她連去紐約的勇氣都沒有。每隔幾年，母親就會寄一張過年過節聚會的照片過來，往往人群中會出現Emma，她在照片中看著小Emma成長為一個美麗的女人。母親總喜歡在照片背後標明：「左二是Emma，我女兒的女兒。」除此之外，她從不多問一句任何關於Emma的事，她情願不知道，情感的牽連是自己最無法處理的。

「我就是一個又自私又沒用的母親。」

多年的自責如洗腦般令她離紐約的一切越來越遠。她把所有的母愛全投入在祖兒身上；她沒錯過祖兒從小到大學校中任何一個活動，她是啦啦隊，她是家長義務隊員。早上一定是她送到學校，看著祖兒甩著小馬尾的背影走入校園。因為上班她無法接孩子下課，但校車送到家門口，幫傭接進家門，她的電話已追蹤到。祖兒愛吃義大利肉醬麵，愛吃披薩，卻不碰生番茄。愛吃肉類，討厭吃魚；小時候不小心一根魚刺卡在喉嚨，金艾霞緊張地送她到醫院，醫生笑咪咪地讓她喝了一口醋就沒事了。老范說她這個做媽的大驚小怪，完全沒有一些簡單生活處理知識，上醫院就是嚇孩子。的確從此之後祖兒就不願吃魚了。

「我真的是一個沒用的母親。」

她買給祖兒的洋娃娃被扔在一邊，碰也不碰。祖兒喜歡游泳、打籃球，金艾霞給她買鮮豔色彩的泳衣和粉紅球鞋，祖兒哭成淚人兒打死不穿。小學四年級開始，她要求自己選衣飾，沒有裙子，沒有套裝，顏色幾乎只是藍和白色。馬尾早已剪下被金艾霞收藏起來；她還收藏著女兒掉的第一顆牙齒、第一次剪下的小指甲、出生時裹著小祖兒的毯子，當然還有她懷著她時每一張超音波胎兒照。

無論祖兒怎麼和她爭吵，她知道女兒是愛她的。人總是會對自己最親的人持最惡劣的態度，說最傷人的話。因為心中太有把握，最親的人一定會原諒自己。那Emma有一天會不會原諒我呢？金艾霞想著。

一星期之後，金艾霞陪著祖兒去婦產科檢查，她想都沒想過自己是在這種情況下來陪女兒做懷孕之前的準備。看著祖兒褪下褲子，躺上婦科檢查檯，她兩腿一張開，就聽她說：

「媽！妳可以轉過身去嗎！」

金艾霞一時還沒會意過來，接著她噗哧一笑轉過身去。

祖兒啊祖兒！你從我肚子裡出來，替你洗澡洗到大，你身上有什麼我不清楚。也好！你想生個孩子，生吧！是個女兒就是來跟你討債的，有一天她要你把頭轉過去時，你會想起我嗎？

卷 2

只有愛的新生活

生育

生與死，是人類永恆的課題。從古至今，人類對於死亡多有討論：有人畏懼死亡，有人急於探索死亡後的未知，也有人參透生命無常而放下對生死的執著，從容以對，活好當天。死亡，某些情況下尚可選擇（比如自殺、安樂死）；但相對於死亡，出生於世，卻是人類完全無權選擇的一件事。

我們從小到大都被教育著，生日就是母難日，所以慶祝生日時，也要記得感謝母親。生產確實是女性的一大關卡。

曾親眼目睹女性朋友臨盆時呼天搶地，口出惡言地罵著老公，叫得要死要活。待嬰兒一落地，卻又喜極而泣，盡顯溫柔，母愛爆棚。這瞬間的轉變是源於母親的驕傲？還是遠離痛楚的喜悅？我從不要求孩子們在生日時感謝我，更不認為這是一種孝順的方式。我反而對孩子懷有一絲歉意，因為我明白我不能承諾他一個永遠風和日麗的玫瑰花園。嬰兒出生後的第一個反應，是「哭」！在毫無選擇的情況下，孩子們來到這日趨混亂的世界，他們的哭聲代表了他們的無助，而我們只能盡全力地去愛他，沒有期限。

二〇年代是一個咆哮而奔放的年代。但在東方，中國人依舊守著「男主外，女主內」的原則。生孩子就是女人婚後的使命。不只生產，還有性別，重男輕女成為女性的桎梏。

那個年代，一個母親生十個八個孩子並不稀奇，但苦的是那些生不出孩子，或生不出男孩無法傳宗接代的女性。我的母親生於那個年代，飽嘗身為女子不被重視的待遇，卻也塑造她堅強獨立，以保護自己為優先的性格和作風。

到了三〇、四〇年代，硝煙四起，戰爭不斷。戰亂時期，死亡率高，新生兒也遞減。我家大姐在國民黨遷移台灣前出生於上海，而我是在遷台後出生於台灣嘉義。那時大家的日子都不富裕，但我們有飯吃，有書唸，也有房子住。由於身為空軍的父親因公殉職，我們兄妹仨成長的許多資源來自空軍所派發的撫卹補助。我們從小跟著祖父母長大。我出生時，我的爺爺正好六十歲，我記得他個頭雖小，但打起人來絕不手軟；也記得他每天走路送我去幼稚園，我常常走到半路兩手一攤，走不動了，他總是二話不說，揹起我走去學校。一九四九年前後，多少人匆忙離鄉，以為只是暫別，卻不料一別經年。爺奶當年離家時沒帶太多東西，只將幾枚便於攜帶的圖章一路帶了出來。還記得小時候，我們做功課，爺爺就在一旁做著硬紙盒，奶奶買了少許錦緞，用白色黏糊糊的漿糊塗滿紙盒，把量好尺寸的錦緞小心翼翼地糊到硬紙盒上去，最後再把已破爛的舊圖章盒上的象牙小栓子剪下，接到新的紙盒上。夫妻二人就這麼把一個個圖章安頓到新的錦緞盒中。我也還記得，家中有一個象牙製的獵人雕像，肩膀上站著一頭鷹，人與鷹都神氣極了。記憶中，獵人的前腳是跨步形態，昂首闊步地站在家中某處。可惜數年之後，圖章和獵人都陸續消失。

多年後，我已開始拍戲。向來喜愛古董的我，總愛到中山北路的古董店逛逛。某天，我在一家店鋪的櫥窗裡看到了幾個似曾相識的圖章，我立刻進去要求拿上手看看，同時也要求看圖章盒。老闆雖感奇怪，但也認出了我。當那些兒時記憶中的盒子擺在我面前時，我趕忙問老闆這些圖章打哪兒來的？他說是一位老先生早期拿來賣的。

「是張子奇先生嗎？」我問

「啊！是的，他是你的什麼人？」

那天，我將爺爺當年為了貼補家用而賣掉的東西全買了回來，但那英姿煥發的獵人，彷彿真的跨出了我們家，如同我父親一樣，再也尋不回了。

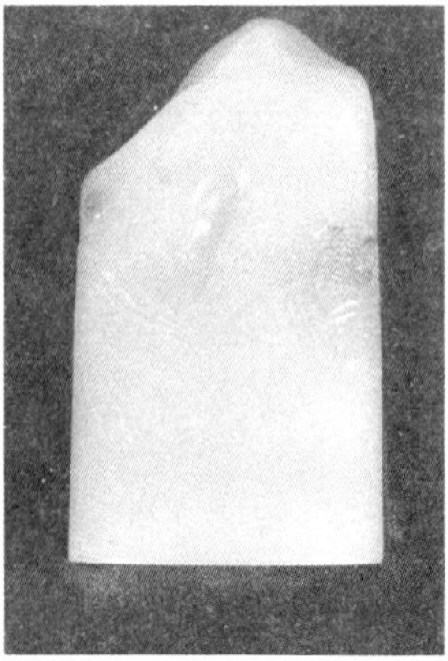

十二歲的我和爺爺奶奶，還有姐姐。

到了五〇、六〇年代，女性對於生育開始有了不同的看法。如果有機會翻開一九七八年的婦女雜誌，你會看到一篇篇關於避孕的方法、口服避孕的利弊，甚至有一些拋開保守思維關於性觀念的介紹。我們都希望有自己的生活，結婚生子不應是人生的必然，不小心懷孕反而成為我們擔心的事。女性在轉變，男女關係在轉變，社會結構也在轉變。離婚、單身逐漸不再被視為悲慘的下場。我三十七歲才生子，被列為高齡產婦，有遺憾嗎？有！我多渴望再生一個女兒，卻無法實現。一位會算命的朋友笑說我是趕上了最後一班車生下一兒，但仍是幸運的，因為命中並不缺孩子們如女兒般地愛我。我必須說我是幸運的，除了三子之外，如今還有三個可愛的媳婦。感謝她們的父母，我對她們並無生養之恩，卻能享受她們對我的愛，何等美好。

今天拍攝的地點是台灣生殖中心。這十幾年要靠人工受孕才能懷孕早已成為常態。但苦惱於不孕的女性，是否就此找到了人生的出口？

ＩＶＦ的全名是 In vitro fertilization。中文是體外人工受精，是一種生殖輔助科技。ＩＶＦ並非侷限於幫助不孕夫婦，更可以幫助任何想要孩子的人達成願望。東方國家目前仍普遍認為人工生殖技術應以治療不孕為目的，而不應被作為無限制創造生命的方法。因此應限於為不孕夫婦施行。這也是為什麼我戲中的女兒和她的愛人得去美國完成這項使命的原因。

我並不百分之百贊同ＩＶＦ。曾看過身邊的女性友人在ＩＶＦ過程中飽受煎熬：不間斷地吃藥、打針、取卵，周而復始。ＩＶＦ的成功率因人而異，有人幸運地一次中的，有人結局未必盡如人意。做ＩＶＦ的過程中少不了幾次的失敗，每個月反覆期待、失望，再期待、再失望。失望過後，只能收拾心情再出發，這反覆過程中身心所受的煎熬和傷害，難以言喻。或許我來自那個小心翼翼，深怕懷孕的年代，我無法了解現代女性面對的困境：是什麼令懷孕變得如此困難？是食物？空氣？焦慮？壓力？還是日趨複雜的環境和生活？上天給了人類許多本能，現在為何逐一失效，人類還得借助科技的輔助來激活這原本屬於我們的技能？在將自我功能殘害後，又將協助我們恢復本能的科技視為人類的進步。我還有好多事無法理解，包括其中一個最根本的問題——女人是否一定要生孩子？即便歷經千辛萬苦，即使遍體鱗傷，無法生育或選擇不生，這難道是罪嗎？

人類在未來的某個時刻，是否有機會借助一個大轉變而重新歸零？我不知道。渴望下一代也許是人類原始的慾望，也許是我們社會化的決定。每個小生命來到世間的那一刻，都緊握雙拳，緊閉雙眼，直到醫生在小屁股上狠狠一拍，小生命才會哇哇大哭。那哭聲彷彿在質問我們：「你們真的會永遠愛我，保護我嗎？」渴望新生命的人們，你們真的都準備好了嗎？

退休

金艾霞去超市買了瓶紅酒，多年來她的習慣是在早晨的咖啡裡加少許威士忌，這倒是前夫教她的。兩滴威士忌的香味聞起來搶走咖啡的濃香，但入口後卻又同時有兩股香氣互相交融著，有時較差的咖啡豆都因此而提出香味，這也是老范在這個房子裡唯一留下的貢獻。接著祖兒出社會之後，偶爾回家吃飯就會帶一瓶紅酒，似乎喝了點酒母女二人可以敞開心聊天，可惜真心話會刺傷對方，忠言更是逆耳，往往都落得不歡而散。留下的半瓶紅酒她就獨飲，半醉半清醒時，她和自己對話，想像中的另一個自己會提點自己，也會開解她的傷感。倒頭一覺醒來，她從頭是否疼痛可以分辨出昨晚的酒的好壞，除此之外，她一概忘記。她開始明白，人到某個年紀是可以有選擇性的記憶及遺忘，就如她那美麗的母親沈豔華，有百分之百選擇性的失智。

金艾霞幾乎每週都會開車去探望住在離市區並不太遠的養生村裡的母親。若不是她回台灣養老，金艾霞還真不知道台灣養生村的各種選擇；不同的地點和服務，不同年齡的限制，不同的價格，驚人的是幾乎全滿。金艾霞是託了朋友才拿到一間小坪數的給沈豔華，她打算讓母親暫住，慢慢說服老人家搬來跟自己一起老去。但每次去探訪卻發現沈豔華非常享受一群老人圍著她聽她彈鋼琴，年輕工作人員也欽佩羨慕她在美國不同場合表演的威水史（廣東話口頭語：了不起的過去）。她可能覺得最無聊的反而是金艾霞的探訪，她們之間的話題永遠是祖兒好嗎？媽，你想吃什麼？你需要什麼？然後沈豔華會彈上三首曲子：（一）〈少女的祈禱〉、（二）〈月光奏鳴曲〉、（三）〈平安夜〉，金艾霞多數在第二首曲中就昏昏欲睡，然後在〈平安夜〉中醒過來，然後送母親回房間。在回程路上，她開始思考：不如過幾年我搬進來跟母親一起養老吧！

踏入六十歲並不恐怖。獨自生活只要懂得安排也不害怕，只是在過年過節時，商店休息，朋友和家人團聚。祖兒有了家儀之後常趁此時出去旅行，母親有她的節目，此時金艾霞才發覺自己沒有親人依靠，也沒有嗜好來消磨時間。

「家」不過是一個房子塞滿了想丟又捨不得丟的過去。她不是沒有想過找一個伴，自己條件並不太差，也因此眼光和要求絕不可能隨便。社交舞社有一位男士曾經邀她單獨約會，起初她沒多想，兩人吃吃飯、聊聊天，甚至去唱KTV。金艾霞雖不會彈琴，但唱起歌來，隨著音樂擺動，情感波動，她不自覺釋放出女人的嫵媚。幾天之後，兩人再度晚餐約會，飯桌上突然出現了好幾名中年男女，都是那男人的孩子，他們毫不隱瞞地調查金艾霞的身世、現況、經濟能力，對男人有多少了解……她很想站起身一走了之，突然她冷靜下來，笑咪咪地請他們飯後一起去唱KTV。

在KTV包廂的男人一定是他孩子們沒有見過的父親；他抱著麥克風一首接一首地唱著，他要孩子們教他唱新歌，那些兒女們接過麥克風後也不肯放手。金艾霞拿起皮包悄悄離開，她把男人的通訊號碼刪除，她不需要這種不必要的麻煩。奇怪的是，那男人之後就沒有在社交舞社出現了。金艾霞心中一陣輕鬆和平靜，她開始計畫今年一定要把母親接回家，給自己也給沈豔華做兩件旗袍，現在這個歲數穿旗袍應該有韻味了吧！明天要帶幾個小菜去養生村，沈豔華要請左鄰右舍的室友吃飯，這些她一早就準備好了。她安心地倒了一杯紅酒，敷上面膜，明天要打扮得光鮮亮麗地過去，不然又會被唸，「才六十出頭就像個老太婆！」

金艾霞躺在沙發上正在享受孤獨的樂趣，她的手機響起，沈豔華的聲音在擴音中告訴她明天要吃麥當勞，還要搽指甲油。金艾霞愣了一下，問母親：你不是要我帶小菜去請客嗎？

「我每天彈琴很累，我為什麼要請客？他們應該請我才對。我要吃McDonald's，你明天幾點到？不要太晚，中午以前到。」

金艾霞還想說什麼，沈豔華打斷她說聽不清楚，不要講了，電話掛斷。她喝了一大口紅酒，開始想：「我該怎麼解決冰箱裡那八個小菜呢？」

藝人之死

二〇二三年十二月二十七日，今天是外景拍攝。前一天製片就提醒大家要多穿一點；西濱公路上風大，整個星期氣溫低，看來明天也是一樣。這時一定要懂得在戲服內貼上暖暖包取暖，拍戲時期最怕的就是生病。

自從地球暖化情況加速，台灣香港幾乎不再有寒冬。毛衣、大衣搬出搬進，許多去年買的吊牌仍掛在衣服上，天氣暖和得穿不上身。可想做服裝的商家有多麼頭痛。但二〇二三年進入十一月就出現一些不尋常的現象；秋天缺席，夏日霸氣延續，甚至威力不減。人處在呼吸辛苦，不自覺脾氣暴躁和焦慮中。而當大家預測這將會是暖冬時，突然一股寒流由大陸吹來，氣溫急速下降十幾度，令人措手不及。我從香港到台灣拍戲，帶來的衣服有限，只能層層往身上裹，連最難得用到的毛線帽都戴上。一面禦寒，一面開心好久沒有感受到一個真正的冬天。尤其我們的這個故事幾乎三分之二是發生在紐約，但經費有限，導演只好把一些內景放在台灣拍攝，假扮紐約，之後帶小團隊加上我和林嘉欣兩個演員去紐約拍攝所有外景。

一月中的紐約，寒冷！冰凍！一想到我已經立刻打了個寒顫。但立刻又想到 Pizza and coffee！只有紐約才有，可以把起司拉到手臂那麼長的披薩，我少女時期的最愛，靠這個回憶溫暖了我的擔心。

沿著海岸線，一路上看著雲層巧妙地變呀變，我相信一定是有一個畫家在天上作畫；有時畫蠍子，有時畫一條會飛的魚，有時是鳳凰，有時四不像……活潑極了。上天如此眷戀著《女兒的女兒》的拍攝，祂為我們決定了這是一場陽光普照、溫暖輕快情緒的戲。

拍戲空檔，瞥到新聞快報：「韓國影帝李善均陳屍公園。」一高知名度的四十八歲韓國男演員，自殺身亡。媒體蜂擁而上，各種臆測、說法，有關他近期負面新聞的剖析，頓時鋪天蓋地。我不禁想起了死亡這件事。我想起四十五年前的谷名倫之死。當時的我，二十五歲，新婚，無憂無慮。死亡對我來說，是再遙遠不過的事。死亡，是屬於年長者的故事，雖傷心難過，但可接受那是人生必然的終點。而年輕生命的終結？未曾想過。但就在那個一九七八年的冬季，LA街頭的我扎扎實實被這個年輕生命的殞落重擊了一拳，死亡猝不及防地來到眼前，我愣了不只是一會兒，而是好長的一段時間。

他是一個正直的孩子，用盡全力做一個好兒子、好演員、好朋友、好青年。好……好……好……好多的好，卻堆疊出一個悲傷的句點。對當時發生的事，始終有很多說法，但我相信任何一種說法，都只是拼圖的一角。他究竟走入了一個怎樣的絕境，讓他對人生絕塵一望，再無眷戀，一躍而下。我不懂。對著螢幕裡的李善均，我問，你懂嗎？

有一天，我和一位心理醫生朋友聊天。遇到心理醫生，總免不了訴苦。講到最後，醫生笑咪咪地說：Be a little bad, be a little naughty！（壞一點，調皮一點）

啊？他讓我壞一點？我難道不自覺地被「好」綁住了？我希望扮演一個「好」角色，還是我希望演「好」所有的角色供人觀賞？一個人到底能多坦然誠實地面對自己，這把尺，似乎應該在自己手中，而不是在他人眼裡。

谷名倫離開已四十多年，我有時會想起他的家人和朋友，父母親還健在嗎？張璐再嫁了嗎？我相信有人會記得他，也有人會害怕想起他。如果他還在世，我想對他說：

「涵涵（谷名倫小名），別把『好』字戴在頭上，be a little bad！」

那一通電話

她終於可以找回自我，過輕鬆想過的生活，做自己想做的事。雖然還是要照顧母親，但她也找到一種方法去安撫老人家；不管沈豔華是真失智或假扮來贏得她的關注，金艾霞學乖都順著她跳舞，久了，也成為母女之間的樂趣。范祖兒既然身邊有伴有人照顧，自己也可以放心退位，只跟兩位年輕人說明，有了孩子千萬不要期待隨時「丟」到我家，我不是托兒所，而且，我很忙！

金艾霞懶散地躺在沙發上，她的下半生應該就是這麼悠閒地度過吧！太久沒有看電視，那些名嘴七情六慾高分貝嚷嚷著，換看戲劇，沒有一個認識的臉孔。遙控器按著按著，居然就睡著了。

父親回來看她和媽媽，她興奮地衝去找母親。「爸爸在公園裡等你，媽媽！爸爸回來了！」沈豔華抬頭望了女兒一眼，依舊保持她優雅高傲的態度，眼神卻如此憂傷。金艾霞奔回公園，父親說：「我在那邊很好，還成立了一個新家，你們放心吧！」說完他笑笑地轉頭離去。

「你既然還要走，為什麼要回來？為什麼！」

金艾霞放聲大哭，在父親身後喊著，她哭著……喊著……哭著……哭醒了，好一會兒無法平復自己的情緒。自從父親去世後這是她第一次夢到他。對父親的感情一向不太真實，經商的他總是早出晚歸，或是長期出差。以前出一次國是件大事，一去就至少十天半個月，腦海裡父親的樣子總是疲憊不堪，眼神如此的累，大家都不敢去吵他。生病後的父親出出入入醫院，母親帶著金艾霞去探望他，父親瘦到有點像陌生人。他虛弱無氣出聲，只抓住她的手勉強擠出一個笑容，那應該是金艾霞最後一次見到他。沈豔華當年只有三十多歲，改嫁是出路，但沈豔華守寡至今，或許上一代的女人對愛有一份執念，而金艾霞這一生中卻沒有遇到一個男人她願意託付一輩子，各有各命。

今天舞蹈課教了新的恰恰舞步，她很滿意自己進步的速度和扭動的弧度，自然輕巧有女人味。下課後和王麗芬去烤過三溫暖，舒服極了。麗芬問起祖兒去紐約生孩子的進度如何，金艾霞輕鬆回答：「我搞不懂怎麼回事，也不想多問，她們的決定，她們的將來，隨她們去吧！」

《女兒的女兒》的故事是從這裡才開始。金艾霞在健身房的更衣室梳洗完畢，換好衣服準備離去時，她接到了一個電話；這通電話才真正開始了她的下半生。

女人

為了要趕進度，聖誕夜、除夕、新年都依舊開工，而且黃熙導演毫不留情地選擇了兩場最沉重的戲拍攝：一場是醫院，一場是殯儀館。這安排倒是很讓人難忘。

一向對「失去」仍有陰影的我，無法不回想起往事。這一生最痛的經歷是二十多年前兒子在莫名情況之下被綁架七天。依然記得司機將綁匪恐嚇的紙條交到我和先生手中，那是一刻太不真實的真實。不知為何我直接趴到地板上，像一條被車子輾扁的小蛇貼在冰冷的地上。多年後，李玉導演和她的製片找我演她的戲《觀音山》中那個失去兒子的母親。我多次拒絕，但他們不肯放棄，直到我點頭答應。那一次的演出無法避免地在情緒上又重複了一次「失去」的痛楚，有時幾乎分不清自己當時的角色，也無法控制自己不去回想那七天丟不掉的記憶。那是一道無法癒合的傷口，不敢觸碰，但從未遺忘。

還好這兩天拍戲現場都有林嘉欣和劉奕兒，我的兩個美麗的女兒。她們倆美得有個性，有時候坐在一旁望著她們，會覺得挺驕傲能生出這麼漂亮的女兒。奕兒說她好珍惜我們一起享受角色的時光，雖然只有短暫的相處，五場戲的母女，卻建立了一份特殊的情感。和林嘉欣的緣分更是奇妙；

認識她多年，看著她由少女成熟為少婦，從單純的演戲又找到摯愛的陶瓷手藝。近年來我常去看她各種大小展覽，也有機會和她談心，但合作演出還是第一次。她抱著我笑著說，本來做了許多心理準備，去詢問李心潔如何和我工作？心想張姐一定極為嚴肅和嚴厲，沒想到和我演戲竟是如此鬆弛，完全不像作戲。我感謝兩個女兒帶給我的真感情，我立刻相信好的對手一定會在銀幕上傳達出令人動容的演出。《女兒的女兒》要表達的就是這份毫無保留的母女情。

從十八歲正式踏入電影圈到今天已經五十三年，我幸運地橫跨了三個不同的世代，經歷每一個年代的轉變，唯一相對不變的是電影行業依舊由男性主導。而且很諷刺的是，男明星向來有大量女粉絲支持，但女明星一般卻沒有大批男粉絲撐腰。雖然現在女性幕後工作人員越來越多，但大銀幕上依然缺乏以女人為主的故事。這並不限於華語片，美國也有一樣的情況。每當我看到好的女人故事，必定義不容辭盡全力支持，所以往往被標籤為專拍女性故事的藝人。我曾經非常不以為然，甚至經常拒絕一些聚焦女性主題的論壇，就是不願被扣上女權主義的帽子，總覺得沒有標籤，才能無拘無束沒有包袱自由地創作。但隨著年齡和經歷漸長，我逐漸對一些評論沒有那麼在意，更能坦然分辨男女不同和相同之處，也更能開心地做個盡責的女兒、不管老公的太太、不囉唆的媽媽、一個快樂的女人！

不在紐約拍紐約

今天走進中影ＬＥＤ攝影棚拍攝；我和趙文瑄在車中的戲，車在紐約威廉斯堡大橋上行駛。趙文瑄不用去紐約，趙文瑄也不用會開車，有了ＬＥＤ投攝的背景銀幕，一台車在前，車稍有些搖晃，這場戲就順利拍攝完畢。

科技的新進帶給電影創作太多的方便和更多的可能性，編劇筆下可以天馬行空想像，導演無約束的要求，技術人員也一步一步嘗試各種可能性。

一九九九年拍攝《心動》時，為了一個動畫鏡頭，我飛去美國洛杉磯一家動畫公司（名字忘了）去看成果和修改，看完當天飛機就返回香港，現在只要在電腦鍵盤上按下「傳送」，想看多少鏡頭都行。妥當使用或試用新技術絕對是加分，只是不時看到一些年輕電影人反被各種新的器材綁架，熱烈討論如何飛起、穿越速度和任何吸引眼球，加快心跳的視覺，而忽略了故事發展，人物之間的情感。如果特效沒有用得恰到好處，是毫無義意的。觀眾比較會挑剔、會厭倦，現在的觀眾早被寵壞了。

去年我還演了一部和熊貓有關的中法合作電影，參加演出的原因是很興奮能和可愛的大熊貓一起工作，一定有想不到的驚喜！是的！這個驚喜就是熊貓是中國的保護動物，一般人絕不可能近距離接觸，而且熊貓粉絲團力量和聲音極大，幾乎所有熊貓的一舉一動他們都緊緊追蹤，我最後只在熊貓基地裡逛了兩天，像所有的參觀者一樣，看牠們爬樹，打架，吃竹子，睡覺。原來熊貓的視力差，牠們靠嗅覺和聲音來保護自己，基地裡只能有固定的人員可以靠近牠們，有一次看到一隊人員抱著一隻小熊貓，我立刻拿起相機，都沒來得及按快門就被喝住，不可以驚嚇到牠，果然是國寶級的待遇。我最後就只和一隻很像熊貓而不是熊貓的熊貓演戲（這裡賣一個關子，戲未上映），當然還有特效，演員站在綠布景前和不存在的對象演戲，這也是拜科技所賜。現在演員都要學會如何和空氣對戲，挑戰你的想像能力，找距離、找情緒、找方向……而熊貓被拍攝時只需要做自己。我們是專業，牠是業餘，但這部戲牠是主角！

回到棚內紐約車程的拍攝，影片播的已經是往曼哈頓的路上，要到堅尼街（Canal Street）一定會經過唐人街，連接的是小義大利區，還有蘇荷區（Soho），這是每次我到紐約去叔叔張北海的家必經之路。我們在台北拍攝完畢之後就要去紐約拍一些實景。叔叔過世一年多，這段時間我一直沒有踏入美國。我知道我終於將要面對一個沒有叔叔的紐約，一個不願接受的事實。而此時特效竟然失效了。

造型指導

怎麼讓角色活起來，文藝片角色造型應該是最具挑戰性的；過於真實顯得無趣，過於刻意亦不討好。每次見到美術組造型指導推著幾架子的衣服來定裝，馬上感受到大家對此人物造型的不確定甚至沒有想法。

拍《燈火闌珊》時我的試裝長達兩小時，雖不算長，但一百二十分鐘裡我只是不斷地換幾條牛仔褲和幾十件不同卻也類似的上衣。最後我穿上自己的牛仔褲和隨便一件 T-shirt 站在導演面前。

「她就是一個極其普通的女人，不要再換衣服了吧。」

當造型師變不出花樣，導演和演員就必須自己找其他方式協助表露角色的特性。

自己很會打扮自己或是很留意時尚的趨勢，絕不代表你可以成為一個造型指導，這也是華語電影，尤其是現代文藝片所缺乏的重要人物。

我也常會想，戲劇中角色的真實性到底有多少？角色吸引觀眾的地方是它把人生所有的矛盾、衝突、性格、情感的細節全部放大。譬如有個女人每每穿著時髦，打扮光鮮亮麗的，男人見到垂涎，女人羨慕。但她的家中卻是亂七八糟，衣櫃塞滿了衣服，其中有許多自己都忘記的衣服，但她就是要添購新衣，追求時尚，全新不用燙，久而久之，她必定成為衣服的奴隸。用包裝來隱藏自己，或是突顯自己，這跟造型指導有關係嗎？

當然有！而且這個工作極有挑戰性。

美術指導、造型指導有時是同一人，有時分兩組，都必須和導演商討如何塑造角色，包括這個人物和其生活的關係及個性。並不是每個演員每場戲都只穿著最時尚的搭配，頭髮吹得聞風不動，臉上不出油，沒有汗，睡醒時才剛補完妝，我們除了知道此角色的性別、年紀、發生了什麼事之外，其他一無所知。這種情況常常在華語電影和電視劇中出現，而這些造型師最重要的工作只不過是去找贊助服裝和買衣服，他們總是說：「觀眾只要看主角漂亮就可以了。」

逐漸地，造型指導的重要性和功能就消失了，真正有才華的指導也只能在有時代背景的戲劇中提供他們的力量，那些文藝片因為使不上力就敬而遠之。

我的演員生涯中最難忘的造型來自《最想念的季節》。因為文藝片的製作成本低，幾乎沒有購買服裝的費用，造型、美術指導都是張叔平，他決定到我家，把我所有的衣服攤在牀上重新搭配，塑造出一個八十年代、獨立、好強、膽大的現代女人。張叔平把看似不搭調的顏色處理得和諧又鮮明，平時素顏但某一場卻刻意濃妝，將頭髮隨意紮成馬尾再捲在腦後。每次我一著裝完畢，自己立刻就能感受到劉香妹這個角色上身，不需要刻意去演什麼戲，只要跟著劇情走。最後張叔平替我燙了一個爆炸頭，披在肩上，我感覺到這個女人戀愛了，不需要說一個「愛」字，但她全身都散發著愛的光芒。難道造型真有這麼大的效應？

真的有！就是這麼神奇！

這一次拍戲，我們也嘗試重複這種做法；為了節省製作成本，美術統籌文英提早把她和導演的想法告訴我，在我衣櫃裡現有的服飾中，挑選一批帶到台北做造型。造型指導很清楚，如果張艾嘉只是穿著自己的衣飾來演另一個角色，會失去那個角色的特性。所以她們買了一些基本的襯褡，混合著我私人的外衣，讓我進入角色時減少理所當然的熟悉度，更能夠去尋找金艾霞這個角色，這個女人的可能性。譬如金艾霞雖然在台北家中收拾了一大箱子，但最後只拖了一個小手提行李去紐約，第一，她根本沒有心情打包行李，更不準備在那裡久留；第二，小行李只能擺幾件衣服，所以在紐約時金艾霞只能重複穿那幾件衣服。這些設定由導演和美術、造型指導決定後，就進一步去選擇顏色、款式來襯托角色的狀態。造型指導所照顧到的小細節可以幫助演員入戲，也可以顯示出造型指導的功力。

上一本書我介紹了選角指導，這次談美術和造型指導的重要。每一個部門、每一個環節都是一門學問，或許就是這些學不完的令我不老的事，讓我從未想過要退休吧！

寒冷的紐約

今天是二〇二四年一月二十日，我們在紐約拍攝的第一天。上一次在曼哈頓開工，是三十年前的《少女小漁》，那時候兒子Oscar才三歲，劉若英還是個新人。李安因為爆紅要為《飲食男女》宣傳而無法如期開拍《少女小漁》，於是由我接手。也不知哪裡來的狗膽，我居然只帶了我的合夥老搭檔莊麗真，一個工作人員也沒帶，單槍匹馬飛往紐約上陣。

在我的經歷之中，拍戲沒有所謂的順利或不順利，一旦開鏡，導演的工作就是解決問題。人的問題、天氣的問題、環境的問題、時間的問題、自己的問題，包羅萬象，全都要解決。解決不了時，可以撒賴就當不是我的問題，也可以兩眼一瞪大發脾氣轉身離開。但我是那種不怕頭破血流的人，遇到問題就是披上戰袍，蹙眉成川字迎面而戰。

這次紐約外景的最大挑戰是氣溫。根據氣象預報，這一週將會是今年冬天最寒冷的幾天，降雪降溫到零下五度。我穿上保暖的打底內衣，戲服裡貼上暖暖包（連臂部都貼了兩片），手套、圍巾、一頂毛線帽、靴子，全副武裝，上了戰場。

我拖著行李一遍又一遍在曼哈頓唐人街附近的街道走來

走去。「冷」不是問題，是風！沒有口罩防風，沒有眼鏡擋風，鼻水毫不留情地流出，腳趾失去知覺，某個時候甚至覺得連眼珠都凍僵無法自然轉動。但現場也有為我們露臉的陽光和藍天，還有站在寒風中不能休息的工作人員。演員在鏡頭和鏡頭間能躲到車子裡取暖，但工作人員不能，不管任何天氣，都得在外頭硬碰硬完成任務，不論零下幾度都得捱過去。如果你不是真愛你的工作，此時此刻你一定會問自己：「為什麼要拍電影啊？」自己走向幕後之後，更能體會每一組工作人員的辛苦，也更加認為演員應該要做好功課：現場的專注、和導演的溝通、有默契的合作，都能讓工作人員少吃點苦提早收工。

百老匯大街上換了些新的店面，也多了些空置的店。

Soho出現許多新設計師的牌子，市面有些蕭條。警笛和消防車的聲音明顯減少許多，但不時聽到有人用高分貝的聲音對著空氣無意義地嘶吼。尖叫聲後的寂靜令人不安，紐約人的宣洩，這是無奈還是憤怒？

這回工作時間緊湊，連去看一齣百老匯舞台劇的時間都沒有。有一場買披薩的戲，我滿心歡喜想著終於可以吃到少女時期的最愛。但這是因為期望太高，還是自己口味變了？還是紐約的披薩根本走樣了？它不再是義大利師傅的專利，只是街頭巷尾的快餐店食物；它的起司已軟趴無力，我再也無法享受把起司拉到如手臂那樣長的快感。這些年來，美國對中國不斷施壓，整體對華人不友善和敵意的氛圍，令我們處處低調小心，避免惹上無謂的麻煩。下雪了！初雪如細細的棉絮般，落地就融化。我站在街頭，望著飄著雪花的紐約，它猶如叔叔的那片書牆，主人的靈魂不再，有一種不知將飄往何方的落寞。我默默地和這個曾被我認為最浪漫的城市告別，也把自己的少女故事，留在了記憶中的紐約……

下一站

金艾霞把行李打包好，她決定離開前再抽一根菸。站在祖兒和家儀租的公寓窗外逃生梯，迎著冰冷的空氣，口中吐出濃濃白煙，一時分不清是香煙的菸還是寒冷的哈氣。她腦子如白煙般混沌，卻又在白煙消失後一片空白，直到噴出另一口煙，她才聞到和嚐到口中殘留的那股菸絲和尼古丁的苦味。回去後要戒菸了，金艾霞想著。其實自己根本沒有菸癮，只是喜歡看王麗芬自捲菸的自在，和純菸絲抽起來那股瀟灑的韻味。來到紐約買菸抽只是情緒上的發洩和安慰，抽完這根菸，拿著行李，她要把祖兒帶回家，和祖兒重新開始；開始一個不再爭吵，只有愛的新生活。

是金艾霞跟我一起離開了美國，也是張艾嘉把金艾霞帶回了台灣。一個意外，一個創傷，一部電影，一個故事，人生就是一個接一個地發生，牽引著我們往前走。雖然大家都對人之初性本善有爭論，但我始終相信。生命的起源從母親的胚胎開始，這四十週才是人之初，那時候是多麼單純和善良啊！人一出生後就活在別人眼裡，孩童時期無知叫「純真」，少年時期無知叫「青春、叛逆」，成年無知被叫「愚蠢」，老人逐漸想找回無知，原來是「智慧」。我的一生就是在慢慢認識自己，找回自己。

回程途中，我帶著工作完成的輕鬆，開始靜心回想自己是否每場戲都做好了。演員是一種服務；他們服務導演令角色有靈魂，他們服務觀眾的喜怒哀樂，最讓我感激的是，他們服務了我的生命，讓我可以穿梭中外古今，體驗不同人生。當電影呈現在觀眾面前時，觀眾會看到的是金艾霞。而我，就隨著飛機，繼續飛往下一個我該去的地方吧。

卷 3

回望有時

一個人

我一個人走在上海復興西路往烏魯木齊中路的路上，從黑石酒店到兒子家。路途很短，距離很近，但家人很遠……

我一個人走在香港花圃街……

我一個人走在台北敦化南路……

都是最熟悉的地方，但心很遠。

一個人，我一個人走路。

開始明白，人生七十才開始……開始什麼？

開始明白何謂人生。

我一個人繼續往前走。

二〇二二年十一月十九日的清晨，我一個人走在敦化北路文華酒店的人行道上，因為金馬獎入圍，升級入住文華套房。今天晚上是頒獎典禮，本來我平靜的心被眾人的猜測、祝福，甚至誇張提早恭賀搞得心神不寧。得獎必然開心，但不得獎我也早已習慣。出來走走路吹吹風讓自己安靜下來。這幾年因為疫情，中港台三地的隔離訓練，倒是學會享受一個人獨處的時刻。

為迎接聖誕，酒店前幾個工人一大早忙著裝飾路邊一棵棵大樹。紫藍色奇長無比的小燈泡，一串串地從樹幹底部往上繞，還要小心纏繞到不同方向分岔的樹枝，再回到樹幹往上爬，這不是一件容易的工作。雖然今天沒有太陽，但白天裡這些小紫燈完全不起眼，只是密密麻麻黏著電線趴在樹皮上，等待著它們發光的時刻。

「晚上一百分，白天零分！」工人告訴我，老闆總是這麼說。四十多歲的員工，從原本的中泰賓館，到現在的文華東方已服務了二十多年，說起每年為了聖誕燈飾，費盡心思，就是為了博老闆的一句讚美。就等夜晚來臨吧！每樣事物，每個人都要等到對的時刻才會發光啊。

手機震動了，是楊凡傳來朋友今天的臉書，又是對金馬獎的猜測，最後他加了一句「最重要是張姐一定要得獎」！不知為何我眼眶竟然濕了，今晚我不能對不起大家，得獎的重要性不是為我，而是為了所有心疼我、支持我的朋友。

晚上盛裝打扮好的我準備出發，車子緩緩駛向國父紀念館。路旁大樹上的小紫藍色燈全亮了，像是穿戴著閃亮珠寶的女人，列隊陪伴我去參加金馬盛會，美不勝收。

《傳道書》第三章是這麼說的：

凡事都有定期，天下每一事務都有定時。
生有時，死有時；栽種有時，拔出有時；
殺戮有時，醫治有時；折毀有時，建造有時；
哭有時，笑有時；哀慟有時，跳舞有時；
丟石頭有時，撿石頭有時；
懷抱有時，不抱有時；
尋找有時，失落有時，
保存有時，拋棄有時，
撕裂有時，縫補有時；
沉默有時，說話有時，
喜愛有時，恨惡有時；

戰爭有時，和平有時。
我的心恢復了平靜。

～寫於二〇二二年金馬獎～

陌生中的熟悉

在台北街頭拍戲，有種既熟悉又陌生的感覺。這是一份我做了五十多年的工作，雖重複，卻時時有新發現、新體悟。

我很享受這種感覺，因為我總能在這份工作中找到轉變和樂趣。這次拍戲地點在仁愛路M One Cafe附近。M One Cafe是多年前我常去吃早餐的一家café，早餐時刻，那裡總是聚集著送完孩子上學的年輕媽媽。這可能是她們一天之中極為珍貴的空檔，忙碌行程中擠出的高光時刻，可以喘口氣，交換個八卦，抱怨下孩子，吸收些重要資訊，之後匆匆離去，繼續張羅著全家的生活。很多男人不了解這早餐的意義，以為這就是一群女人訴苦八卦的無聊聚會，不值一提。殊不知學校大小事、孩子間的恩怨情仇、補習老師情資、與老師應對的提點、升班升學的祕訣，貌似雞毛蒜皮卻可能影響深遠的所有事，都在這不起眼的小聚會裡豁然開朗。媽媽這工作啊，太難了！

拍戲空檔，我走進M One Cafe買杯咖啡。依舊是早上送完孩子上學的時間，滿座的咖啡廳裡不見年輕美麗嘰嘰喳喳的媽媽群，卻坐滿了似二十歲出頭活力充沛的年輕人。男女都有，有的應該是準備去運動或剛跑完步，有的約了人聊天、談工作，或許也有幾桌是剛送完孩子的爸媽。可能是疫情後生活型態的轉變，也可能是景氣影響，許多原本這時間被關在辦公室的年輕男女，現在自由地在自己喜愛的咖啡店裡，成就或追尋著夢想。

拿著咖啡坐在門口小座上，我感受著眼前的變化。街道依舊，建築物也大致相同，但有些老店鋪已經消失，街角也開起了許多便利商店。這十幾年來，便利商店已成為許多人生活中密不可分的一部分。早午餐在便利商店的架子上隨便買個小東西打發；晚餐時分，也坐在超商高腳椅上，和一整排同伴整齊劃一地低著頭看手機吃微波餐。晚上回家吃媽媽準備的愛心晚餐，似乎成了懷舊廣告裡的口號；仍然願意每天煮飯等家人回家一起吃飯的媽媽們，或許是稀有動物了。現在滿街的外送服務摩托車，還有誰願意為準備三餐煩惱。

記得有一年在拍戲現場，劇情需要我燙衣服，我很自然地拿起熨斗開始燙襯衫，先從半邊身燙起，然後是袖子，燙完兩側，燙襯衫背面，最後再處理領口。依序完成後，我赫然發現工作人員對我的熟練度十分驚訝，而我更驚訝於他們的驚訝。「女孩子都會燙衣服啊！」我說。「才怪！」身邊的人立刻異口同聲。那時我才知道，原來現代女性很多是不會燙衣服的。我想做飯也一樣，也不是個個都會，或是個個喜歡。正因如此，外賣、便利商店才會成為生活中這麼重要的一部分。

我心中一陣感傷。想起小時候奶奶每天一大早起床蒸饅頭、煮稀飯的景象。我們張家的稀飯是用綠豆放鹼煮的，還一定得用鋁鍋，煮到最後，會神奇地熬出色澤像紅豆的綠豆粥！為什麼不直接用紅豆呢？我沒問過奶奶。現在只能猜測可能是綠豆比較容易熟，再加上白米可煮一大鍋夠一大家子吃一天；又或者當時家中接受空軍遺眷補給品中綠豆多。我和姐姐常感嘆小時候沒有多和奶奶學些製作麵食的本領。奶奶包子一做就是幾十個，還有改良的窩窩頭，到現在想起都還聞得到那股玉米加上牛油的香味。爺爺是標準山西麵食主義大男人，他的女人當然得會做他愛吃的炸醬麵。麵也是奶奶自己拉的，有刀削麵、波菜汁做的翡翠麵、壓河撈、撥魚兒、貓耳朵……包水餃更是全家人必學，也是過年時一家人聚在一起幹的活。爺爺擀皮特別快，皮要中間厚，外邊薄，他一個人擀，可以趕得上三個人包，還好這門功夫我和姐姐都學上了！現代包水餃用機器壓的皮，那筋道和咬勁哪裡趕得上自己手擀的皮！只要逢年過節，親朋好友必定聚在我們張家安東街的老屋裡，等著奶奶掀開大蒸籠。那一掀開，包子啊、饅頭啊、糖三角啊，麵香四溢，滿屋的香甜；一口咬下，更是一口熱燙濃郁的紅糖香汁！這是張家的童年記憶，是我對奶奶的敬佩與懷念，也是我對現代孩子們的心疼。

坐在M One Cafe的門口，想到的都是童年的家庭美味。不知道在便利商店長大的年輕人，將來記憶中的食物是什麼呢？

這時突然有人站在我面前開心地大叫。

「你怎麼在這裡?!」

又成長了一倍身形的鄧安寧看著我，和老朋友不期而遇特別令人興奮！不常聯絡卻彼此關心，見面可以三言兩語也可以有說不完的話，最開心的是我們都還健康、平安，活得還沒走樣，這種老朋友之間的情感，彌足珍貴。劇組的人來叫我拍戲了，我走回戲中，轉換角色，轉換心情，這就是那熟悉又陌生的感覺。

有叔叔在的紐約

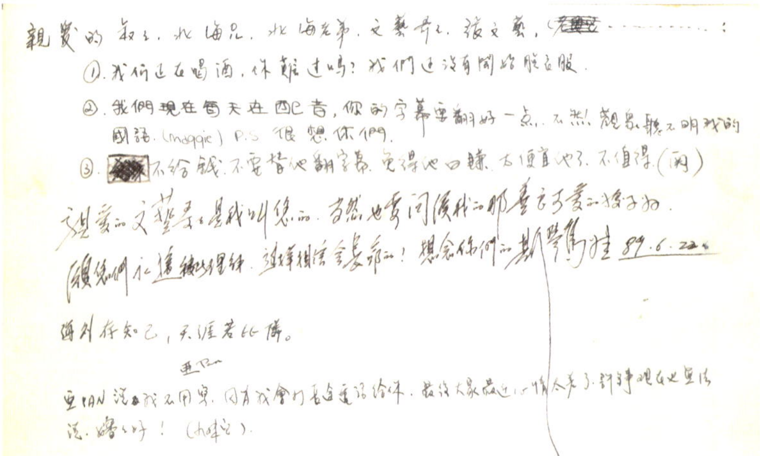
親愛的叔叔、北海兄、北海老弟、文藝哥哥、張文藝、（[illegible]）……：

①. 我們還在喝酒，你難過嗎？我們還沒有開始脫衣服。

②. 我們現在每天在配音，你的字幕要翻好一点，不然觀眾聽不明我的國語。（maggie）P.S. 很想你們。

③. [illegible]不給錢不要替他翻字幕，免得他口賺，太便宜他了，不值得。（兩）

親愛的文藝哥哥是我叫您的，當然也要問候我的那位可愛的嫂子的。願您們的這份姻緣，這樣相信會長久的！想念你們的 斯琴高娃 89.6.22.

海外存知己，天涯若比鄰。

亞平

亞PAN 說我不用寫，因有我會打長途電話給你。雖說大家最近心情不太好，許多事現在也要說。嗨嗨好！（小林記）

親愛的叔叔，北海兄，北海老弟，文藝哥哥，張文藝……

① 我們正在喝酒，你難過嗎？我們還沒有開始脫衣服
② 我們現在每天在配音，你的字幕要翻好一點，不然觀眾聽不明我的國語（Maggie）（張曼玉）P.S. 很想你們
③ ×× 不給錢？不要替他翻字幕，免得他白賺，太便宜他了，不值得（關）

親愛的文藝哥哥是我叫您的，當然也要問候我的那善良可愛的嫂子好

願您們永遠彼此理解，這樣相信會長命的！想念你們的斯琴高娃
89.6.22

海外存知己，天涯若比隣。
亞 Pan

亞 Pan 說我不用寫，因為我會打長途電話給你，最後大家最近心情太差了，許多事現在也無法說。嬸嬸好！（小妹兒）

拍攝《人在紐約》之後，大家對叔叔的懷念。
（由左至右：張艾嘉、斯琴高娃、張曼玉）

沒有叔叔的紐約

紐約是我年輕時最喜歡的城市，它是大膽創作的城市，也是最刺激的金融中心，充滿了青春的活力。多少人的美國夢和來自世界各地的人種，都滙集到紐約，它真是夠野！

紐約一直給我一種熟悉的感覺。在那裡度過了我十三歲至十五歲的青春歲月，也養成了我出去賺零用錢獨立自主的個性。請大家不要再相信網上流傳多年的一篇文章，說我含著金湯匙出生，我應該算是一個自力更生、勤奮勞碌的女人吧！

無論是去工作或是探親，紐約永遠有叔叔在。對我來說，有他在就如同有家在。二〇二二年叔叔突然離世，沒有見到他最後一面，只能從越洋電話中告訴他：「叔叔，你好好休息吧！我們都愛你。」他的客廳曾是中港台許多藝術家聚集之地，無論是畫家、詩人、作家、導演、演員、歌手……不分老少，都是張北海的好朋友。我就是在他那Loft的客廳裡第一次認識了李安導演。

叔叔從一九七六年由非洲肯亞回到紐約就沒有再離開過，他每日固定漫步於紐約的大街小巷，認真觀察。這城市的點滴，是他許多創作的靈感來源。我們隨著他到處走，聽他細數不同建築的故事，新建的，歷史的，他如數家珍。累了，就坐下喝杯伊索比亞或是藍山咖啡；如過了下午四、五點，當然就改去酒吧開始下午快樂時光一杯酒。這些快樂回憶令我無法想像一個沒有張北海，沒有我叔叔的紐約。

百老匯大道上的車子明顯少了許多，尤其是黃色的計程車，那些瘋狂按喇叭的司機也消失了，車子到了叔叔家門口，樓下多了一家小超市。嬸嬸在電話裡告訴過我，她的三餐多數靠這超市中的熟食，除此之外，一切都沒變。嬸嬸如以往一樣下樓來接我，這是一棟上百年的大樓，許多有年代背景的電影都在它的後巷取景。斑駁的大樓，緩慢的老電梯，氣派的深色大理石樓梯，景物依舊。走進叔叔家中，迎面走廊的景象和上次我離開時一模一樣。叔叔走了一年半，嬸嬸完全沒有意願去整理或是改變，唯一的變化，恐怕是以往屬於張北海看電視的那張黑皮椅子，現在成了嬸嬸看電視消磨大半時光的地方。

我走上樓，書桌這一角是暗的，所有熟悉的物件都在原位，但曾經熱鬧的客廳卻顯寂寞。我走向白牆前的矮長桌，上面擺了一張叔叔的照片，鞠了三鞠躬，沒有想像中的悲傷，反而心中一股溫暖。叔叔是我生命中少有的男性家人，像父親，像朋友，像兄長，像好夥伴。現在他不過是又去雲遊四海，並沒有離開我們。我回香港要準備替他出版下一本新書；他一直掛念著的《俠隱》要做一系列的劇；還有他曾經送給我希望我拍的電影……叔叔！你真的給了我好多好多待完成的工作啊！

獨居的嬸嬸幾乎足不出戶，少了一個拌了幾十年嘴的伴，生活不免寂寥。我和先生的到來，加上幾天後她的孫子Mason也從加拿大飛過來，家中除了電視聲，終於多了些人聲、笑聲。嬸嬸有些重聽，而孫子會說的中文有限，他們一老一少有一搭沒一搭地閒話家常，雖雞同鴨講，但一個從小在外國出生的孩子那麼有耐性地陪老人家聊天，讓人看了很是欣慰。嬸嬸聊起叔叔的過往，總說他是個好命人，她像是談到一個老朋友般地娓娓道來，本來還準備安慰嬸嬸幾句，突然覺得多餘了。

整理一個作家的書桌不是件簡單的事。嬸嬸告訴我書架上有什麼喜歡的可以隨便拿，望著整整一面牆的書：中西、古今、新舊，幾百本各式各樣沾滿灰塵的書，要為它們找一個新家，我真是心有餘而力不足啊。深夜裡一個人靜靜坐在叔叔多年來創作的書桌前，桌上雖擺滿文具、筆記、眼鏡、信件……卻極為整齊。我和他都不用電腦寫作，所以對各種筆、紙張、筆記本特別偏愛。翻閱著他的手稿，不禁佩服他收集資料的精神。為了寫《俠隱》，他翻遍了一九三六到一九三七年所有和北平有關的文章。他列出當年北平街頭的小吃，畫出人物出入的動線，那是張文藝出身的北平，也是張北海心中的北京。我將所有和《俠隱》創作有關的文字圖片放滿一紙箱，請求Mason替我寄回香港。其他的我無法決定究竟什麼該留？什麼該扔？只好把這個難題留給叔叔的獨子處理，或許由一個不識中文的人來做這個取捨，會更容易吧。

叔叔的照片旁擺了一個裝著幾個文件夾的小木箱，文件夾中都是些親人的照片和多年往來的書信，還有一些當年拍攝關錦鵬導演的《人在紐約》時大家的留言。所有的記憶湧入腦海：在這個客廳開舞會、阿城被叔叔請來修改劇本、他的炸醬麵、他的威士忌加冰、他的黑膠唱片、納京高充滿情感的〈Unforgettable〉歌聲……是的，難忘！難忘那些和叔叔在一起的時光。

令我最驚喜的，莫過於在文件夾中夾著一篇我在再興小學用毛筆寫的作文「人物素描——叔叔」（我也特別在文後附上與各位分享）。不記得那是幾年級的作文，但記得老師有讚揚我，成績是「甲下」，沒想到一個不到十歲的女娃兒的作文竟被叔叔留在身邊，相信我們二人深厚的情感就是從那時開始，原來我就是張北海的第一個粉絲！

十五歲在紐約住的公寓前。

叔叔的書房。

小學作文

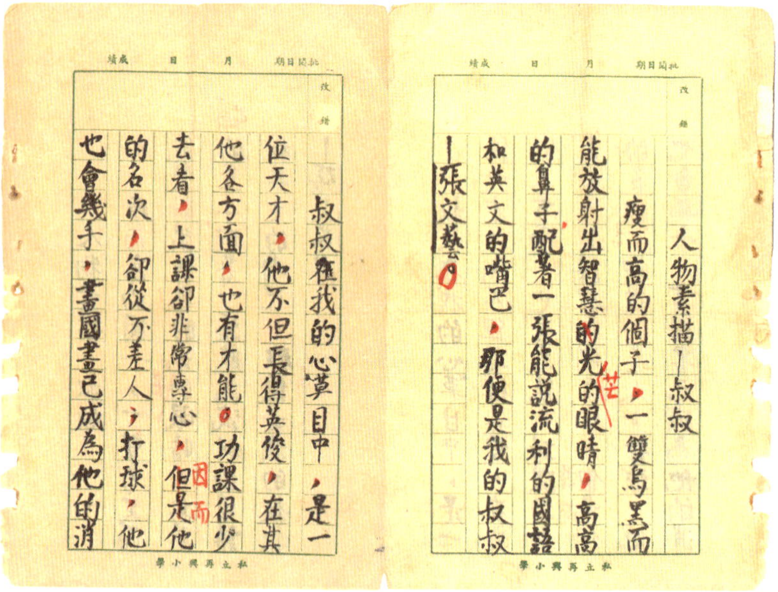
人物素描—叔叔
瘦而高的個子，一雙烏黑而能放射出智慧的光的眼睛，高高的鼻子配著一張能說流利的國語和英文的嘴巴，那便是我的叔叔。
—張文藝
叔叔在我的心目中，是一位天才，他不但長得英俊，在其他各方面，也有才能。功課很少去看，上課卻非常專心，但是他的名次，卻從不差人；打球，他也會幾手，畫國畫已成為他的消

女兒

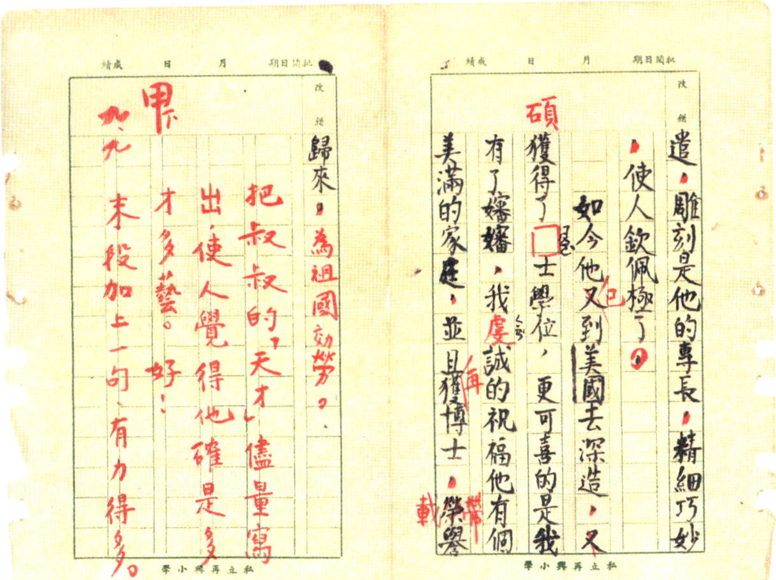
批閱日期　月　日　成績

改錯

遺，雕刻是他的專長，精細巧妙，使人欽佩極了。

如今他又到美國去深造，又獲得了碩士學位，更可喜的是我有了嬸嬸，我虔誠的祝福他有個美滿的家庭，並且獲博士，榮譽歸來，為祖國效勞。

私立再興小學

批閱日期　月　日　成績

改錯

把叔叔的天才儘量寫出，使人覺得他確是多才多藝。好！

甲下

九、九

末段加上一句，有力得多。

私立再興小學

我和母親少有的親密照片。

孝順

你相信一道「宮保雞丁」改變了我對孝順的定義嗎？

我的母親是一個已經九十七歲的孩子，在需要關注的同時，她也需要自由。老年人因器官、肌肉各方面的退化而引致的各種疼痛，常令身邊照顧的人十分無奈。我們察覺到她有時會稍稍誇大她的疼痛以博取注意和同情，但我們也明白活太老其實並非是件快樂享受的事。尤其是當老人家腦子依然清楚，但身體各方面跟不上的時候，憤怒、懊惱、害怕等等令日子更不好過的情緒一定是免不了的。

白天母親需要有足夠的回籠睡眠，所以我在外工作也就不擔心。但到了太陽西下，她的血液流動正常，精力開始旺盛，我卻拖著疲憊身心出現在她面前，一見到我這張臉顯然令她不開胃。到底誰比誰值得同情？誰比誰辛苦？甚至誰比誰先死都經常成為我們母女之間最不愉快的嘮嗑（北京話「聊天」）。

以前總聽說人老了，看開了，脾氣沒有了，慾望也沒了。我家的老人可不如此，她對財務依舊精明，不時還提醒我：「你現在不年輕了，賺錢機會少了，要省著點，守著點。」對於數字她清清楚楚，絕不馬虎，實在令人欽佩。她另一樣清清楚楚的事，就是對食物的挑剔，這對我是一大挑戰。她總說自己不挑剔，吃得簡單，但多年前她經歷一個大手術，去除了一個腎，之後醫生叮囑不可以吃雞肉、豆類、菇類、花椰菜、豆苗……這一連串禁食材料經常讓我在菜市場中兜兜轉轉，努力尋找靈感做一些既能吃得心安，又能兼顧美味和營養的菜式。如果端上桌的食物不合她胃口，她的（耐吉Nike）雙眉一皺，我的胃也自動開始痙攣。

我在國外工作時，會用監控設備查看幫傭在家中照顧母親的情況。終於有一次，我看到了真正的她。手機影像中的母親正指手畫腳地教工人如何做宮保雞丁，她臉上露出孩子般的笑容，彷彿是趁爸媽出國逮到了自由的機會，打心底地開心。宮保雞丁證明了只要女兒不在家，雞肉是可以吃的，而且味道要爆得夠。她想吃什麼就可以吃什麼，想幾點睡就可以幾點睡，電視開多大聲都可以，誰也不會管！當然事實不會如此美好，最終管她的是她的身體：胃酸逆流令她必須停止她最愛的甜食。多少次了，我嚴重警告她不可以半夜吃餅乾或巧克力，但第二天幫傭打掃房間時總會發現垃圾桶裡的糖果紙和裝餅乾的塑膠袋；母親的衣櫃裡也會有各種中西式餅乾甜食，有些都過期了。為了不拆穿她私藏的行為，我只好請幫傭先處理過期的食物，一次還不可以丟太多，以免被察覺而抱怨我不尊重她的隱私。有一次她沒聽見我敲門，我一進房間就撞見她正在整理一整桌商場購買的「奇華」沙其馬和各式糕餅。她抬頭望見我，像小女孩被抓到偷抽菸似的，把所有糕餅掃到一個盒子裡然後用力蓋上，之後對著我傻笑。應該是從那時候起，我和她對換了角色。

「她到底愛不愛我？」偶爾我會這麼想。母親很少稱讚我或謝謝我，也很少擁抱我，牽牽我的手，或許這是傳統家庭的習慣，不直接表達情感，也不習慣有親密的身體接觸。但她總是打量我，然後像中醫一樣地告訴我：「你的眼圈發黑！你的氣色怎麼那麼差！」我明白其實這就是她關心女兒的方式，當然有時她也會說：「你最近臉色不錯，眼睛也有神了！」這時她臉上會露出放心的微笑。最近令她最開心的是她有天突然問我：「你今年七十歲了吧？」我回答：「媽，我七十一歲了！」母親忍不住大笑說：「你也是老人了！」能夠和女兒一起老去，讓她極為開心。我想此時，她是非常愛我的。

「我到底愛不愛她？」三個孩子當中，我和母親最有緣，但我也最不像她，無論喜好、個性、處事方式都不一樣，所以我們時有爭執。但我們緣分是最深的，吵完之後又像沒事一樣聚在一起。大姐和她的喜好最相像，但她大學畢業就嫁去泰國，和母親一直有一段距離，有一種客氣。她唯一的兒子其實和她在脾氣個性各方面都有相像之處，但如果我這麼說，他們兩個一定都不以為然。兩個火爆脾氣的母子爭吵起來互不相讓，這一直是她的心結，一個至今難以癒合的傷。這些年我們不再提起哥哥的名字，但我們都知道，九十多歲的母親，在夜深人靜失眠時是如何努力地不去想起這個兒子。

如果我能繼續陪著母親老下去，如果宮保雞丁能夠令她快樂，那就宮保雞丁吧！我老公接著又微信我：「繼宮保雞丁之後，今天的菜單是紅燒栗子雞。」我告訴自己，只要她開心，就讓她開心吧！此時，我也相信我是非常愛她的！

小小一顆鹽

如果正在看這本書，那你一定是懷念看書的樂趣和安靜；讓自己找回生命中的鹽，啊？你會說「什麼？什麼是生命中的鹽？」在法國女作家艾希提耶的書裡有這麼一段：「有一種輕盈、恩典的形式就在單純的生活裡，它在工作之外，在強烈的感情之外，在政治參與之外，在一切範疇之外……也就是我們所有人都被賜予的這個小小的添加物：生命中的鹽。」

你有想過鹽的功能嗎？

它能調味，帶給你舌尖上的愉悅，它能消炎止痛，它是疫情時每日漱口保護喉嚨的必備品，它還可以用來醃製食物，它有保存的功效。我們的淚水，無論因悲傷或喜悅而流的淚是鹹的，我們的汗水是鹹的，它又有釋放體內情緒和排毒的作用，你現在不會小看一粒小小的鹽了吧！如果鹽失去了鹹味，它就什麼都不是了。

你生命中的鹽是什麼呢？忙碌和塞滿了資訊的日子裡，腦子逐漸透支，常常記不起生活中那些美好的滋味。譬如和朋友通電話，聽到對方熟悉的聲音，朋友的臉孔會出現在眼前而令你不由自主地微笑；坐在某咖啡廳裡看著窗外低頭趕路的人，街頭靠近斑馬線的轉角有一對男女僵持對站著，是在鬧彆扭吧！正在過馬路的情侶緊摟著是怕另一半走丟了？安安靜靜地看一本書或是雜誌，把舊衣服拿出來重新搭配，清理冰箱，把還沒有用完的材料想出一個新的做法。啊！這是我最喜愛的試驗之一，並非每次都成功，但過程中的驚喜和手忙腳亂，從頭頂冒出來的汗一直流到眼睛裡的痛，香噴噴的菜香，看到一碟沒有名字的新發明被大家一掃而光的那種得意。

這是一個沒有戰爭的時代，當疫情出現才開始體驗另一種生活……疫情第一站台北隔離十四加七，補回我所失去的睡眠，好久沒有見過的細細長長玻璃加水銀的溫度計，都忘了到底是放在舌下還是腋下，哈哈……隔著窗望向十二層樓下的街道，熟悉卻不能下去，不用找藉口的懶惰……不化妝，不換衣服……手機上的App大多數都沒有用，劉若英送來一個無線麥克風用在手機上唱KTV。期望著早中晚餐送來時敲門的「叩叩」聲，好久沒有把一本書從頭到尾地看完，第一次仔細聽〈當你老了〉的歌詞時一把眼淚一把鼻涕，愛爾蘭詩人葉慈（William Yeats）不求結果的痴情寫下的詩。

老人坐在電視機前，名嘴高分貝的聲音欺騙著自己的嘴巴。老了到底是怎麼一回事？困在不聽使喚的身軀裡，從最深處發出的哀號是挺嚇人的。你知道用艾草薰熱肚臍讓腸胃慢慢蠕動起來，中醫的奧妙，似懂非懂。喝一杯威士忌也暖胃，這也是可愛的中醫教的。突然明白人在世上最大的寶藏是快樂，你認同嗎？

學習慢跑逐漸會上癮，尤其撐過頭十分鐘，找到呼吸的節奏之後，運動時大腦釋放大量的安多酚，令人有快感。香港真是福地，要山有山，要水有水，繞著城門水塘跑步，一路上要看猴子臉色。聽說過跑步者的「愉悅感」（Runner's High）這個名詞嗎？一點也不假，爬上獅子山頂那一刻充滿幸福歸屬感。沒有疫情，不可能從高處看獅子山下，也沒有機會在不同的山頭上看香港的全貌。要看日出，清晨五點摸黑上山，居然山頭已經大塞車。為了一個車位，躺在地上霸位，大陽到底是從哪裡蹦出來的？一天就這麼開始了，要告訴全世界香港不只是購物天堂，或只有叉燒、魚蛋……香港有二六三個島嶼，大大小小山峰多達一千個以上。最高的大帽山九五七米，清晨起霧時如入仙境。如果天和地是合一，遙遠的地平線模糊不清，那除了我們可以真實觸摸到的地之外都應該是屬於天的一部分。啊！原來我們一直都活在天堂裡，這個想法讓心胸突然開闊了。

窗外那株瘦弱枝葉的薔薇居然不斷冒出一朵朵小紅花，第一口玫瑰花茶，芳香甘美，紫紅的乾玫瑰花原來是利肺脾益肝膽、補血氣、抒解抑鬱、改善血液循環的中藥。手機中朋友傳來三、四十年前的照片，原來那時嫌醜的自己是美麗的，青春無敵……

我可以無止境地想到這些令生活有趣、傷感、多彩多姿、回味無窮的鹽分，從這些味道你是否能夠模糊地認識我？而我從這些紀錄又更了解了自己，自己害怕面對什麼？

自己又長大了多少？當別人笑謔你說話好像在演戲時，心中可否知道自己有多真心？這把內心的尺非常重要，它誠實地量出你的長短處。能力和無力、真與假，這些都是你，不多也不少，一個最不完美的完美的你，或是最完美的不完美的你。

看世界

在桃園市龍潭區有大大小小數十家石門花園活魚餐廳，小至家庭式，大則可以到兩層樓宮廷式，當年都是一輛輛旅遊巴士載著觀光客來大啖美食。但疫情三年，加上觀光客的消失，許多餐廳就此歇業，空置的餐廳反倒成為拍電影可利用的好場景，以紐約唐人街中國餐館為布景的事就此解決，免去了在紐約實地拍攝的困擾。紅色的兩個大柱子，金色的邊，門口站著一尊巨大的木雕彌勒佛，像極了外國人眼中中國餐館該有的樣子。最能加分的，還有屋頂垂下的那幾盞紅色流蘇宮廷燈，簡直復刻當年唐人街的豪華大酒樓。我對找景的團隊真是佩服之至！

如果不是拍戲，我應該永遠不會知道這個地方，也沒有機會踏入桃園這個觀光勝地。就像疫情時期，我被周潤發三番五次叫去跑步，一跑才真正踏足住了四十年未曾去過的地方，如挖到寶一樣的興奮。原來香港不單單只是購物天堂，她還有那麼多化外仙境的面貌！

我的職業給了我許多機會去不同的地方。早期我隨著中影去南美洲的哥倫比亞參加影展，因為工作關係沒法和大隊一起出發。那個年代只有明星有星媽陪同，也不會有隨身陪伴的助理或梳化。我獨自這樣飛往遙遠的南美洲，中間還要停中美洲薩爾瓦多一夜轉機。才二十出頭的我，對南美洲、中美洲是什麼情況一無所知，只能說一身是膽。飛機到達薩爾瓦多已是半夜，機場燈光昏暗，移民局的人將所有轉機乘客的護照全部收下，安排一輛巴士把我們送去某酒店，說是明天等大家離開時才發還護照。

一間只有一盞日光燈的小旅館房，一個無法入睡的夜晚。記得好像是清晨四點多，那輛巴士又把乘客們送回機場，我們再次經過移民局，拿回護照等待上飛機，全程一片安靜，沒有人敢問行李的下落，只能相信它們會出現在下一站。感謝上帝，我和行李都平安到達哥倫比亞，事後才知道一九七九年至一九九二年薩爾瓦多內戰不停，任何人要進入或經過這個國家，必然可疑。想來後怕，如果一個東方少女就此消失在那個夜晚，那會是一個什麼樣的故事！

帶我真正看世界的是從一九九三年開始隨同台灣世界展望會去非洲，我的生命由此展開了新的旅程。「旅程」真的是最貼切的用詞；一九九三年當我走入肯亞、索馬利亞的難民營，我開始了解這是一個長期的工作。每次看到那些站在最前線實地工作的人員，我更明白這將是終生的義務工作。還記得我當年在衣索比亞，只要一舉起相機，對方立刻駐足擺出微笑。這是一九八五年美國為衣索比亞大饑荒募款聚集群星大合唱〈We Are the World〉帶來的效應。

我作為終生義工，不停地學習，走出了第一步，才看清自己對世界的認識實在太少。接下來幾年我去了薩伊，今日的剛果、利比亞、獅子山共和國、盧安達、尼日、南非，無論走到哪裡，經歷的都是天災人禍所引致的後果：貧窮、飢餓、死亡、無助的婦孺。當一群皮包骨的孩子出現在你眼前，如何不心酸。戰亂之下，叛軍砍下老百姓的一隻手臂，逼他們用另一隻手拿著斷臂去村子裡告知他們來了；七歲到十幾歲的孩童被捉去做娃娃軍，餵吃彈藥令他們失去理智，拿著槍去殺自己的家人！坐在一群缺手斷臂的人群中，和一群每晚在惡夢中哭嚎的孩子們見面，每一刻都令人無比心碎。這些震撼深刻的探訪，讓我不僅學會了珍惜所有，更培養了一個新的生活方向；每天清晨我都會問自己：「我可以做什麼？為己為人都可以，就是去做！」

太多人問我為什麼要做那麼多事？那些事有用嗎？你累

不累？我並沒有什麼了不起的回答，或許也沒有認真去想過這些問題。非但不想，我還繼續做，繼續跟隨香港宣明會去探訪和學習，從非洲走回亞洲的外蒙、斯里蘭卡、印度、緬甸，二〇〇六年去北韓，二〇一九年我請求去探訪敘利亞的難民。那一年我們去到了黎巴嫩，這個國家曾被稱為中東瑞士，也是敘利亞的鄰國，一九七五年的內戰加上以色列和敘利亞的戰爭流入了大批難民，而且大約有五十萬巴勒斯坦的難民長期滯留，到了二〇一一年敘利亞內戰，黎巴嫩收容近二百萬難民。我在出發之前曾寫下：「如果你一生下來在出生證明上填寫的身分是『難民』，你會怎樣成長？你的一生將會是一個什麼樣的旅程？」

每一片土地都有屬於它獨特的美好，可惜的是你沒有用心去看見它。世界雖然很大，人雖然很渺小，但別忘了你是獨一無二的，ONE AND ONLY！用一個美好的自己看世界吧！

黎巴嫩的小男生

從黎巴嫩首都貝魯特往北向敘利亞邊境的路上，大家還期待著有機會可以進入敘利亞境內實地探訪。腦子裡依然回想著昨天在貝卡山谷所看到的那一大片難民營，數不清的難民沒有清晰的未來。其中有新生的嬰兒，孩子成群在山坡上奔跑玩耍，只有他們的叫喊、笑聲能帶給山谷一些生氣。在貝魯特城裡非正式帳篷安居點的難民孩子就不太一樣，他們自成小組在車多的路上兜售水、口香糖、小包面紙，他們像街童一樣在人多的地方賺點外快，因為難民的身分，極不受本地人歡迎。我們決定請這些孩子去麥當勞吃漢堡，一個年紀較大的孩子立刻阻止大家進去，請求我們去買，他們在外食用。我們只帶了兩個孩子進去幫忙拿食物，果真一進去，櫃檯後所有店員臉色一變，店長立刻由不知什麼地方衝了出來。但又見我們幾個東方臉孔似乎不像壞人，而且買的數量大、付現金，只好虎視眈眈地把漢堡、雞塊、薯條、可樂以最快速度送出，也把我們一併送走。孩子們說，他們只要靠近速食店，店員就會拿鐵棒追著他們打。他們一面吃著許久沒吃的漢堡，一面告訴我們他們的生活。非常艱辛的日子，但孩子們的語氣中卻不帶怨恨，依然保持著那份純真，很令人心疼。

一個十七歲的少女接受了我們的訪問。她面無表情，也不願多說話，最後她冷冷地看著帳篷外說：「我可以在這裡唸的書已經唸完了，我不可能去念大學，可是我也沒有資格出去做事，我走不出這個難民營，也回不去我們的家，你們還想跟我談什麼？」一個多小時的車程後，我們到達了阿卡（Akkar），隔著一座小橋就是敘利亞。並沒有軍隊防守，也看不見太多建築物，兩邊人民就像隔著一條街居住著，非常安靜祥和。這次探訪阿卡一所小學，校長卻來自敘利亞，每天往來上班很方便。很可惜，據說最近又有緊張情勢，所以拒絕了我們進入敘利亞的要求。

在小學裡我認識了一個又可愛又帥的小男生，一個黎巴嫩小男生。他住在貧窮的區域，就在學校邊上。這裡曾經洪水泛濫，淹進整個區域。洪水退後，河流變得又髒又混濁。河流上有一座石墩橋，大約一百公尺。橋的那一頭是敘利亞，兩邊人民往來極為平常，學校早上為黎巴嫩孩子上課，他們是穿制服的，下午就為敘利亞難民兒童上課，沒有制服。

我問他：「你和敘利亞的孩子們交朋友嗎？」

「當然！」他毫不猶豫地回答：「他們是我的兄弟。」

男孩興奮地告訴我他養鴿子，拉著我就跑去他家，本來有四十多隻，但後來賣了賺點錢，現在只剩下八隻。當暴風雪來臨，他會爬上去用塑膠布遮蓋鴿子們，每天用吸管餵食。小男孩一定要爬上屋頂，在屋簷邊捉一隻下來讓我看，因為那一隻灰色羽毛的鴿子在腦門正中央有一個又白又完整的心形標誌。

要不是因為有下一個行程，我們倆會聊得更多，但也會更捨不得分手。車子慢慢離去時，我在窗外尋找他的蹤影，果然，小男孩站在巷口一塊堆高的土堆上，他也在看著每一輛離去的車子，尋找著我。我們用力地揮手道別，心中卻是不捨，讓我想起在索馬利亞時送她一枝鉛筆的小女孩和我笑著揮手再見，想起在嘉義山地小女生對我說的話：「我知道你不會再來看我了。」

晚上我把我和他的照片傳給了家人，介紹他為「我的小男友」，但我不知道他的名字。唯一的安慰是這裡的和平、安靜，所有的難民都知道一定要用接受的心，臣服的態度，才能讓救援團體展開協助他們生存的工作。

黎巴嫩貝魯特港區二〇二〇年八月四日大爆炸，兩百多人死亡，七千多人受傷，三十多萬人無家可歸，百分之六十的海運港口癱瘓，從那天起，這個國家又陷入不穩定的狀態。政治水太深，受苦的永遠是老百姓。目前宣明會仍有幫助難民的工作：包括食物援助、乾淨的飲水和衛生項目、孩童教育等。但黎巴嫩本國經濟嚴重衰退，所以對難民的情緒更加惡劣，逼得許多難民只能回到早已破碎的家園。但戰爭是無情的。戰爭是可以避免的，我不敢說天災和人類有多少關連，但至少我們可以努力祈禱，祈禱一個和平的世界，讓我有機會再見到我的小男友，那個我始終不知道姓名的小男孩。

資料提供：台灣世界展望會

美麗田 180

女兒

作　者｜張艾嘉
文字協力｜高文欣

出 版 者｜大田出版有限公司
台北市一〇四四五中山北路二段二十六巷二號二樓
E-mail｜titan@morningstar.com.tw http：//www.titan3.com.tw
編輯部專線｜（02）2562-1383 傳真：（02）2581-8761

總 編 輯｜莊培園
副總編輯｜蔡鳳儀
行政編輯｜鄭鈺澐
行銷編輯｜林聲霓
校　　對｜黃薇霓
美術設計｜王瓊瑤

初　　刷｜二〇二四年十一月一日 定價：三九九元

網路書店｜http://www.morningstar.com.tw
購書E-mail｜service@morningstar.com.tw
郵政劃撥｜15060393（知己圖書股份有限公司）
印　　刷｜上好印刷股份有限公司
國際書碼｜978-986-179-909-4 CIP：863.55/113013340

填回函雙重禮
①立即送購書優惠券
②抽獎小禮物

國家圖書館出版品預行編目資料

女兒　張艾嘉 著 --出版-- 臺北市
大田，2024.11
面；公分. --（美麗田180）

ISBN 978-986-179-909-4（平裝）

863.55　　113013340